習近平は毛沢東になれるのか

室井秀太郎

「一帯一路」と「近代化強国」のゆくえ

原書房

習近平は毛沢東になれるのか

「一帯一路」と「近代化強国」のゆくえ

目次

はじめに

忘れられない光景がある。1972年に日本と中国が国交を正常化する少し前、大学で中国事情の講義を受けていた時のことである。トラックの運転手をしながら聴講していた、少し年上の男性が、突然、「先生、劉少奇《りゅうしょうき》は生きているのでしょうか」と質問した。その時、講師は質問に答えられず、教室には数秒間の重い沈黙が流れ、やがて、何事もなかったように講義は続けられた。今から思い返すと、この男性の質問は極めて普通のことであった。一国の国家元首が文化大革命という運動の中で批判に遭い、公の場に姿を現さなくなって、その消息も伝えられない中で、「まだ生きているのだろうか」と疑問に思ってもおかしくない。

しかし、教室に流れた重い沈黙には、明らかに、質問した男性は「聞いてはいけないことを聞いている」という雰囲気があった。当時はまだ文化大革命の混乱が収束しておらず、日本のテレビでは、「毛沢東語録」を振りかざして北京の天安門前を行進する紅衛兵の姿が放映されていた。日本では、毛沢東が発動した文化大革命が劉少奇を倒すための権力闘争であるということが報じられず、中国が社会主義化を進める上で指導部にはびこった官僚主義を一掃するための運動である、という受け止め方が、大学生らの中では多かった。

あの男性が質問した時には、劉少奇は既に迫害の末に病死していたことは、76年に毛沢東が死去して文化大革命が収束した後も、しばらく分からなかった。そして、文化大革命での毛沢東に対する個人崇拝を利用して、自らを毛沢東の後継者と認めさせた林彪《りんぴょう》が、71年に毛沢東を殺害して中国共産党を乗っ取ろうと企てて失敗し、逃亡の途中で墜落死したことも、中国の内外で長い間伏せられていた。

毛沢東の死後、文化大革命が収束して主導権を握った鄧小平《とうしょうへい》によって中国は改革開放へと舵《かじ》を切り、高度経済成長を遂げた。現在では、たくさんの中国人が日本に観光に訪れ、日本人も中国の各地を自由に訪問することができるようになった。中国経済などに関する統計も、中国の関係部門のホームページで閲覧できるようになり、情報公開が進んでいる。

しかし、日本人は中国のことを良く理解するようになったであろうか。劉少奇の安否を聞くことがタブーのように感じられたころのような先入観はないかもしれないが、中国に対する見方に偏りはないであろうか。

こんな疑問を抱くのには、理由がある。日本のある報道機関は、「ディープな事実」と称して、こんな話を活字にしている。北京の人民大会堂での会議に出席していた習近平の茶杯に、お湯を注ぐ女性服務員が毒を盛らないかと、舞台袖から男が監視している、というのである。これは、習近平をめぐる権力闘争の激しさを物語っている、としている。しかし、この話には、誰が、何のために、どのようにして毒を盛らせるのか、また、仮に習近平に毒を盛らせることに成功したとして、それによって、毒を盛らせた人物に何の得があるのか、という説明が一切ない。第一、人民大会堂で取材した経験のある報道関係者なら分かることであるが、女性服務員は最高指導者だけでなく、会議のひな壇に座った指導者の茶杯にお湯を入れていく。中国では、茶杯に茶葉を入れておいて、お湯を注いでいく飲み方をするが、その時にどうやって習近平だけに毒を盛るのか。仮に毒を盛るのが分かったとして、舞台袖から監視している男が防げるのか。このような話が「ディープな事実」として、中国の権力闘争の象徴のように活字になるのは、いかがなものであろうか。

日本のマスコミでは、中国の最高指導部の権力闘争を「共産主義青年団（共青団）出身者」対「太子党」の争い、と単純化することが多い。共青団は共産党の青年育成組織であり、確かにその出身者には「同じ釜の飯を食った」連帯感はある。しかし、親が政治家であったことを表す「太子党」は、単に彼らが二世政治家であることを意味するものであり、子供たちの間に連帯感はない。親同士が親密であった場合は別であるが、たいていは親の立場や受けてきた処遇もばらばらであり、「太子党」として括《くく》るのは無理がある。

経済についても、日本人の中国経済の捉え方は極端であると感じる。中国経済の減速が続くと、中国経済崩壊論が取り上げられることが多い。しかし、多くの場合、不動産バブルなど目先の現象に目が行って、そうした現象を招いている構造的問題への掘り下げた議論は少ない。

ある日本の報道機関で北京に駐在していた記者が帰国することになった時、帰国手続きを担当した中国の係官が、この記者に「お前は中国にいた方が幸せだろう」と言ったそうである。怪訝《けげん》な顔をした記者に、係官は「日本に帰ったら、放射能に汚染された食べ物を食べなければならないんだろう」と語ったという。このころ、中国では福島第一原発の事故で輸入禁止になっていた日本製食品が、中国のスーパーに並んでいた、という報道がなされていた。この記者は、報道を通じた誤解は恐ろしいと感じながら、自分の報道も中国の姿を正しく伝えただろうか、と自戒の念を抱いたことを書いていた。

中国は広い。もとより、中国と言っても都市と農村では大きな違いがあるし、地方ごとに言葉や習慣、食事の好みまで違う。中国全体を理解するのは難しいことである。ただ、毛沢東が中華人民共和国の成立を宣言して以来、文化大革命や改革開放と、大きな変化を経験してきた中国では、現在起きていることも、習近平がしようとしていることも、歴史的変遷を踏まえると良く分かることが多い。この本が、そうした出来事の分析を通じて、より中国を深く理解することにつながれば、幸いである。

第1章 「強い中国」にこだわる習近平

空気が読めなかった習近平

中国14億人の頂点に立つ共産党総書記で国家主席の習近平は、空気が読めなかった。２０１５年11月にトルコのアンタルヤで開かれた主要20カ国（Ｇ20）首脳会議は、直前に発生した同国のアンカラと仏パリでのテロを受けてテロ対策に議論が集中し、テロを強く非難し、各国がテロ対策で協力することを強調した「テロとの闘いに関するＧ20声明」を採択した。会議がテロ対策一色となる中で演説した習近平は、「皆さんが関心をお持ちの中国経済ですが」と切り出し、中国経済の現状を延々と説明した。議場はしらけてしまった。

1年余りが過ぎた17年1月に、習近平はスイスに世界の企業経営者や政治リーダーが集まるダボス会議に出席して演説した。この時は、前年11月の米大統領選挙で「米国第一」を掲げて保護主義を推し進めようとする共和党のトランプが勝利し、世界は米国の政策に注目していた。習近平は演説でグローバル化が世界経済にもたらしたメリットを強調し、保護主義に向かう動きをけん制した。アンタルヤでのG20の演説で空気が読めなかったことをリベンジした。資本主義のチャンピオンである米国でトランプが保護主義を振りかざし、社会主義の中国で習近平がグローバル化の意義を強調するという、皮肉な世界になっている。

思いつきの習近平

習近平は思いつきの人である。農村を視察してトイレが不衛生なのが気になると、「農村のトイレを水洗にするように」と指示する。

14年には「北京、天津、河北省の一体化」を打ち出した。北京と天津は隣接する直轄市であり、河北省は両市を取り囲んでいる。習近平の意図は、この地域の交通網の一体化などを進め、首都圏の経済を活性化させるところにある。中国では上海を中心とする長江（揚子江）デルタと、広東省の珠江デルタに経済圏が形成されている。長江デルタは浦東開発区を擁する上海を軸に、蘇州、無錫《むしゃく》などにパソコンを中心とした産業集積が進んでいる。珠江デルタは深圳《しんせん》、珠海の経済特区を抱え、電子産業などが集まっている。ともに、自然発生的に産業の連関ができて経済圏がつくり上げられた。これに対して、北京、天津、河北省には産業の連関が乏しく、この地域の「一体化」は必然的なものではなく、上から指示されたものである。大気汚染が深刻な北京では、周辺自治体との一体化よりも、環境対策に注力する方が住民のためになると思われる。

習近平は15年3月の共産党中央政治局会議で司法改革を持ち出した。習近平によると、中国の司法制度は、党が人民を指導して長期の実践の中で打ち立てられ、発展してきたもので、中国の国情と社会主義制度に適合している、という。しかし、司法活動の中には、公平でなかったり、冤罪や金銭のやりとりなどの腐敗、権力や人間関係の影響などの問題がある。こうした問題を解決しなければ、法による統治や社会の公平正義に影響する、と述べ、司法への信頼を高める改革の必要性を訴えた。ただ、習近平は司法改革の具体策を提案したわけではない。中国では行政・立法・司法の三権分立が確立しておらず、裁判官は地方の政府が実質的に任命していて独立性はない。裁判の結果は共産党が決める。習近平の持ち出した司法改革は、こうした制度の根幹に踏み込むものではなく、少しは国民が信頼を寄せる司法のあり方に近づけたらどうか、という程度の意味である。

習近平の思いつきの中で、大きなものには「一帯一路」がある。中国と欧州を陸路と海路とで結び、周辺地域のインフラを整備する、というもので15年に打ち出された。「現代版シルクロード」とも呼ばれ、中国と欧州の間の経済的結びつきを強めるとともに、鉄道や港湾、発電設備などの整備で中国企業の受注拡大を見込んでいる。欧州連合（EU）は中国の最大の貿易相手である。EU側からすると、「一帯一路」構想の推進によって、巨大市場である中国への物流がより円滑になり、また、アジアの周辺地域にとっても、経済の活性化が期待できる。

さらに、習近平の思いつきの中で、具体化して世界に大きな影響をもたらし、習近平のレガシー（遺産）となるのが確実なのは、アジアインフラ投資銀行（AIIB）である。「一帯一路」構想で見込まれるアジアのインフラ整備に伴う資金需要に応えようと、「一帯一路」の提唱に先立つ13年に習近平がAIIB設立を呼びかけた。AIIBは3年後の

16年に発足し、加盟国・地域は77と、日本が主導するアジア開発銀行（ＡＤＢ）の67を上回った。日本と米国は、中国主導のＡＩＩＢは運営の透明性が十分でないとして参加していない。しかし、日米にとって衝撃的だったのは、英独仏伊など欧州の主要国が雪崩《なだれ》をうってＡＩＩＢに参加したことである。欧州は貿易・投資を通じて中国との経済的な結びつきが強い。また中国と距離的には遠く、中国が南シナ海の領有権をめぐって東南アジア諸国とあつれきを強めていることには、日本や米国ほど強い関心を持っていない。日米にとっては習近平のＡＩＩＢ構想は、世界銀行や国際通貨基金（ＩＭＦ）、ＡＤＢなどで成り立つ既存の国際金融秩序に対する挑戦のように映るが、欧州では必ずしもそうではない。欧州は、それよりも目先の経済的利益を優先した。

パフォーマンスが得意な習近平

習近平はパフォーマンスが得意である。空軍の部隊を視察した時は、戦闘機の操縦席に乗り込んで操縦桿を握って見せた。中央軍事委員会の連合作戦指揮センターを視察した折には迷彩服に身を包んでテレビに映った。中央軍事委員会の主席も兼ねる習近平は、軍も自分が掌握していることを示したかった。共産党機関紙の「人民日報」の本社を訪れた際は、パソコンの前に座って、画面を覗《のぞ》き込んだ。中国では報道機関は「党の喉と舌」と呼ばれ、共産党の政策を宣伝することが使命とされている。習近平は北京で庶民が行く食堂に並んで肉まんを注文して食べたこともある。庶民性をアピールしたかったのだ。「人民日報」のウエブサイトである「人民網」では、「習おじさん」という意味の「習大大」という呼び方を使って、親しみやすさを強調したこともある。

習近平は造語も得意である。中国にはまだ国が定めた貧困ライン以下で生活する貧困人口が、総人口の5パーセントほど存在する。貧困からの脱却を促す政策について、習近平は「精準扶貧」という言葉を生み出した。「扶貧」は貧困からの脱却を意味する。「精準」は、通り一遍の方法ではなく、その地域の状況を踏まえて適切な手段を講じる、という意味である。習近平が編み出した新語の中で大ヒットしたのは「新常態」である。中国の経済成長が、1970年代末に改革開放に踏み切って以来続いた高度成長に別れを告げ、中程度の成長率になっていくことが当たり前になる、ということを意味した言葉である。単に経済成長の変化を示しただけではなく、高度成長に慣れた官僚らに対して、これからは従来より低い成長率を前提に物事を考えなければいけない、という発想の転換を迫ったものである。中国国内でも盛んに使われただけでなく、日本でも報道機関や中国経済を研究する人たちの間で幅広く流行した。中国に流行語大賞があったなら、間違いなく1位を獲得した言葉である。

カリスマの後ろ盾を持たない初の指導者

習近平は中国で初めて、カリスマの後ろ盾を持たない指導者である。中国では最大のカリスマであった毛沢東が76年に死去すると、華国鋒が後を継いだ。毛沢東は生前、華国鋒に「あなたがやれば私は安心だ」とお墨付きを与えていたといわれる。毛沢東の死去によって彼が発動して10年に及んだ文化大革命の混乱が収束に向かうと、文化大革命で失脚した鄧小平が復活した。鄧小平は毛沢東らとともに国民党との内戦を戦い、中国を建国した毛沢東に次ぐカリスマである。鄧小平は復活すると改革開放へと舵を切り、華国鋒を辞めさせて、共産主義青年団（共青団）出身の胡耀邦《こようほう》を後任に据えた。しかし、民主化運動への対応が手ぬるかったとして、胡耀邦も辞めさせ、今度は趙紫陽に継がせた。ところが胡耀邦の急死をきっかけに民主化運動が激しくなり、武力で民主化運動を鎮圧した89年の天安門事件につながっていく。天安門事件で趙紫陽が失脚すると、鄧小平は上海市トップの党委員会書記であった江沢民を趙紫陽の後任に引き上げる。鄧小平は民主化への動きが原因で、自らが据えた胡耀邦と趙紫陽を相次いで辞めさせることになった。江沢民が2期10年の任期をまっとうすると、後任には鄧小平が指名していた共青団出身の胡錦濤《こきんとう》が就いた。こうして、華国鋒から胡錦濤までは、毛沢東と鄧小平という、党内で誰も逆らえない権威を持つカリスマの指名により、最高指導者が決められた。

カリスマの指名によってトップの座に就いた華国鋒から胡錦濤までは、誰もその権力の正当性を疑わなかったから、自らの権威を高めるという必要はなかった。しかし、２０１２年の第18回共産党大会で総書記の座に就いた習近平は、中国で初めてカリスマの指名を経ないでトップとなった。だから、「総書記はなぜ習近平なのか」という疑問に対して党内を納得させるために、自らを権威づける必要に迫られた。

「反腐敗」で権威を高める

そこで、総書記に就任してから習近平が取り組んだのが「反腐敗」である。汚職した党の大物を次々に摘発していった。共産党には、最高指導部である政治局常務委員を務めた者は、過去の罪は問われない、という不文律があった。習近平はこの不文律を破って、政治局常務委員経験者も摘発した。軍の関係者にも「反腐敗」の波は及んだ。「虎もハエも叩く」という習近平の方針のもと、大物政治家から役人まで多くの人物が逮捕され、処罰された。

習近平が大規模に「反腐敗」を展開した背景には、共産党内に腐敗が浸透して、このままでは共産党による一党独裁が危うくなる、という危機感があった。中国は共産党の支配のもとで、中央政府から地方政府、事業体やあらゆる企業などで、その職場の長よりも共産党の責任者の方があらゆる問題に決定権を持つ体制ができあがっている。こうした中で1970年代末からの改革開放で経済の高度成長が続き、経済規模の拡大とともに共産党の握る権益も広がり、決定権を握る党官僚が賄賂《わいろ》を受け取ることが常態化した。

中国でビジネスに携わった日本企業の関係者は、中国を「賄賂と恫喝の国」と呼ぶ。何をするにも賄賂を渡すことが必要で、巨大な人口を持つ潜在力の大きな市場を背景に、「中国の市場が欲しいなら、技術を提供するなど、中国側の要求に従え」という圧力が強いからである。中国に勤務した経験のある邦銀の関係者は、東京に帰任した後、中国の新聞記者の取材を受けた。記者は「日本の銀行は、融資にあたって賄賂をとらないのですか」と真顔で聞き、聞かれた邦銀の関係者は絶句した。中国の銀行は融資にあたって賄賂をとるのが常識であることから、この記者は日本の銀行が賄賂をとらないことに驚いたのである。

こうした慣習は、習近平が「反腐敗」を推し進めたからといって一朝一夕になくなるものではない。習近平の狙いは、「反腐敗」によって党内における自らの求心力を高めることにある。賄賂を受け取ったことのない役人はいない中国にあって、「反腐敗」には、賄賂の額によって摘発されるかどうかが決まる、というような基準があるわけではない。習近平の「反腐敗」を忠実に実行する党中央規律検査委員会（中規委）のトップである書記の王岐山《おうきざん》（２０１７年10月に退任）ににらまれれば、摘発されることになる。中規委は政府の機関や事業体、企業などに「巡視組」を派遣して腐敗行為を調査する。腐敗行為の摘発は「党規律の重大な違反」が罪状になる。その基準は明らかではない。

「反腐敗」で、いつ自分が摘発されるか分からない、という恐怖政治は、習近平の権威を高める効果を生んだ。２０１６年10月に開かれた共産党の第18期中央委員会第６回全体会議（６中全会）は、コミュニケに「習近平同志を核心とする党中央」という表現を盛り込んだ。「核心」という言葉は、共産党全体が団結するための中心となる人物を意味し、総書記という役職よりもさらに権威のある存在を意味する。過去には、毛沢東、鄧小平、江沢民が「核心」とされており、6中全会の決定によって、習近平は毛沢東、鄧小平と並ぶカリスマの権威を手にした。後ろ盾を持たなかった習近平は、自らが中国のトップに立つ人物であることは、疑う余地がない、という保証を得たのである。

「反腐敗」に役人はサボタージュ

習近平の立場を揺るぎないものにした「反腐敗」は、副作用も大きかった。中央政府と地方政府を含めた役人は、いつ摘発されるか分からない中で、仕事に対する積極性を失い、様子見を決め込んでいる。朝、定時に出勤すると、何もせずに机に向かい、退勤時間が来るとそそくさと帰る、という役人が増えた。中国では毎年3月に日本の国会に当たる全国人民代表大会（全人代）を開き、首相が施政方針演説に当たる政府活動報告をする。首相の李克強は、16年の報告で、官僚の「不作為」を指摘し、17年の報告では官僚のサボタージュが見られる、と表現を強めた。

習近平のもとで中規委が推し進めてきた「反腐敗」は、共産党員の汚職が対象であった。習近平は、「反腐敗」を党員以外の公務員にも押し広げようとしている。「国家監察委員会」という新たな機構を設置する構想である。「国家監察委員会」は、既に北京市、山西省《さんせい》、浙江省《せっこう》で試験的に設立されている。この委員会は、公権力を行使する公職にある人を監察するとしており、立法機関、司法機関、公権力を行使する団体や機構、学校、公立病院などが監察の対象になるという。

「国家監察委員会」の設置によって、習近平は共産党員に限らず、すべての公務員を「反腐敗」の名のもとに取り締まる権限を握ることになる。このような委員会を必要とするということは、共産党員以外の公務員にも汚職が広がっていることの表れである。しかし、中規委による党員の取り締まりと同様に、「国家監察委員会」の取り締まりも、根拠となる法律が明確でない。汚職の基準も明らかでなく、党員の取り締まりのように、委員会ににらまれた公務員が摘発されるということになるだろう。司法が独立していない中国では、摘発された汚職官僚の裁判は共産党の意向によって刑罰が決まる。

こうした監察機関を設置することが汚職をなくすことにはつながらない。行政、立法、司法の三権が分立していない中国では、公権力の行使に対するチェック機能が働かない。

公権力の行使に関する情報も公開されないし、公権力の行使に対して市民が異議を唱える道筋もない。汚職を生む仕組みが抜本的に改まらない限り、取り締まりの範囲を広げても汚職はなくならない。「国家監察委員会」の設置によって、誰もが賄賂を受け取っている官僚たちは、たまたま摘発される対象にはなりたくないと考え、官僚のサボタージュはますますひどくなるだろう。

内政、外交、軍事、経済まで権限を握る

後ろ盾を持たない習近平は、自らへの権力の集中も進めている。それまでの共産党トップと同様に、国家主席と中央軍事委員会主席を兼ね、国家元首と軍の統帥権を握っている。さらに、習近平が胡錦濤までの共産党トップでも手に入れていなかった権力を握っているのは、中央財経領導小組（中央財政経済指導グループ）の組長を兼ねていることである。共産党がすべてを指導する中国では、中央財経領導小組は政府よりも上の位置づけにあり、財政経済政策の決定権を握っている。従来、組長は首相が兼ねていた。これを自ら兼ねることによって、習近平は内政、外交、軍事に加えて経済でも実権を握ることになっ

た。

12年11月の第18回党大会で習近平が総書記に就任し、続く13年3月の全人代で李克強が首相に就任すると、当初は市場の働きを重視する李克強の経済政策が中国語で「李克強経済学（リコノミクス）」と呼ばれて、もてはやされた。しかし、次第にこの言葉は使われなくなり、李克強の影は薄くなっていった。

中国では、5年ごとに経済発展の中期的目標を5カ年計画として定める。16年からの第13次5カ年計画は16年3月の全人代で採択された。これに先立って同計画は15年10月の共産党第18期5中全会で決定した。この時、習近平は同計画に関する「説明」を発表して、計画の策定過程で自らが中心的な役割を果たしたことを強調している。

宣伝の行き過ぎで市民の人気は急落

「反腐敗」と権力の集中と並んで、習近平が自らの権威を打ち立てるために力を入れているのが宣伝である。共産党機関紙である「人民日報」のサイト「人民網」は、習近平が外遊すると、通常のニュース画面の上に習近平の特大の写真を掲げ、特集記事を通常より大きな見出しで掲載する。目を引くのは、習近平が訪問先の首脳と会談したり、訪問先で演説した内容について、「国際人士」が高く評価した、という記事が必ず掲載されることである。習近平の外遊は常に大きな成果を挙げ、国際的に高く評価されていることになっている。習近平は完全無欠であることが演出されている。外遊だけでなく、国内の視察も大きく報道され、習近平の演説や論文は共産党員の学習対象とされる。

中国には、日本や欧米のような選挙もなければ、世論調査もない。しかし、市民は携帯電話のチャットアプリなどで指導者について思うことを述べあっていて、そうした内容から指導者の人気度がうかがえる。習近平は総書記に就任した当初は、「反腐敗」が役人の汚職にうんざりしていた市民の心をつかみ、「私たちのためによくやってくれている」という評価が多かった。しかし、共産党の宣伝が強まるにつれて、次第に市民の間には反発が強まっている。特に16年の春節（旧正月）で、市民が楽しみにしている、日本の紅白歌合戦に当たる春節聯歓晩会（略称「春晩」）という番組が、共産党の宣伝一色になったのを見て、「これでは独裁じゃないか」という声が一気に高まった。習近平の人気は急落している。

合併や経営統合で強い企業づくり

習近平は、12年11月の第18回党大会で総書記に選出された際、「中華民族の偉大な復興」が「中国の夢」であると語った。1840年からのアヘン戦争以来、列強の侵略に苦しめられた中国は、長い間、苦難の歴史を歩んできた。国民党との内戦に勝利した毛沢東が1949年に中華人民共和国の成立を宣言した後も、毛沢東が発動した「大躍進」や文化大革命による混乱の時期を過ごした。毛沢東の死後、ようやく文化大革命の混乱を収束させて、鄧小平が70年代末に改革開放に踏み切って以来、経済の高度成長が続き、国内総生産（GDP）は日本を抜いて米国に次ぐ世界2位に躍進した。

習近平は、中国が蓄えてきた国力に相応する振る舞いを、国際舞台で繰り広げようとしている。その表れが欧州と中国を結ぶ「一帯一路」であり、AIIBである。さらに、習近平は世界に通用する強い中国企業を誕生させようとしている。2015年6月には中国の鉄道車両市場を二分していた中国北車と中国南車が合併して中国中車が発足した。中国国内の鉄道車両を独占し、世界でも最大規模の車両メーカーとなる。この合併の狙いは、海外への鉄道車両の輸出に際して、入札段階で北車と南車が入札価格を争い、価格競争に陥るのを防ぐことにあった。

16年12月には、鉄鋼メーカーの宝鋼集団と武漢鋼鉄集団が経営統合して、粗鋼生産量で世界2位となる宝武鋼鉄集団が誕生した。宝鋼集団の子会社である宝山鋼鉄は新日鉄が技術協力した企業である。装置産業である鉄鋼メーカーは生産規模が大きいほど利益を生みやすい。宝武鋼鉄集団は経営統合によって2社の生産設備を効率的に運営し、競争力の向上を目指す。

中国中車の合併も、宝武鋼鉄集団の経営統合も、ともに国有企業同士の再編である。中国では、国有企業の再編には企業経営者の意思よりも、大株主である国の意向が決定的な働きをする。国といっても実際は共産党の意向が反映される。二つの大型再編は、「強い中国」を象徴する強い企業をつくりたいとする習近平の意向に沿ったものである。

「中華民族の偉大な復興」を掲げる習近平は、自らに権力を集中して権威を高め、「強い指導者」になるとともに、「強い中国」にふさわしい外交、経済活動を展開し、産業分野でも「強い中国企業」を生み出そうとしている。

第2章
中国を大混乱に陥れた毛沢東

無謀な目標を掲げた「大躍進」

中国の建国の父である毛沢東の生涯は、路線闘争と権力闘争に明け暮れた。

国民党との長い内戦の末、１９４９年に中華人民共和国の成立が宣言されてから、それほど経たない58年に毛沢東は「大躍進」を発動した。鉄鋼生産を58年に前年の倍に増やし、さらに59年には再び倍増するという無謀な目標を掲げ、主要な工業製品の生産量で10年以内に英国を追い越し、15年以内に米国に追いつくというスローガンが打ち出された。

「大躍進」は国民を熱狂的に増産に駆り立てたが、まったく計画的な経済建設ではなかった。農村では鉄鋼の増産のために「土法製鉄」と称して、農家の庭先に炉をつくり、家にある鍋や釜など金属製品を次々に溶かした。こうしてつくられた鉄はとても使えるものではなく、「大躍進」が挫折するのは目に見えていた。

農村では「人民公社好」（人民公社はすばらしい）という毛沢東の一言のもとに、農民の人民公社への組織化、集団化が一気に進められた。食糧も大増産するはずだったが、折からの飢饉で大量の餓死者を出す事態に陥った。餓死した人はおよそ2000万人といわれる。

「大躍進」の過ちを指摘した彭徳懐を切り捨てた毛沢東

「大躍進」は、社会主義の経済建設を一気に成し遂げようとした、毛沢東の急進主義が引き起こした災厄であった。しかし、当時の中国共産党は毛沢東の権威のもと、誰も無謀な計画に異論を唱えなかった。その中で、国防相であった彭徳懐《ほうとくかい》が敢然と毛沢東に意見書を出した。彭徳懐は毛沢東に手紙を書き、その中で58年に「大躍進」が始まって以来、事実をわきまえずに熱狂に駆られる状況が国内に広まったとして、「大躍進」を批判した。

これに対して、自らを批判する声に対し聞く耳を持たない毛沢東は、59年に開かれた廬山《ろざん》会議と呼ばれる中央政治局拡大会議で彭徳懐を右傾日和見主義者と断じて、党を攻撃した罪をかぶせた。彭徳懐は国共内戦を戦い、50年からの朝鮮戦争では中国人民志願軍を率いて戦闘に加わり、軍功は大きかった。「大躍進」の熱狂の中で国民の生活は困窮し、一方で実際の経済状況は惨憺《さんたん》たるものなのに、嘘の成果を報告する党幹部らを目の当たりにして、軍人として毛沢東の急進主義を諫《いさ》めなければいられなくなった。

毛沢東は彭徳懐の直言を受けて激怒した。「大躍進」がもたらした惨状を直視

毛沢東関連年表

年	出来事
1949	中華人民共和国樹立
1958	「大躍進」発動
1959	廬山会議で「大躍進」の過ちを諫めた彭徳懐を国防相から解任。国家主席を劉少奇に譲る
1966	文化大革命を発動
1969	劉少奇、文化大革命での迫害の末に病死。林彪を毛沢東の後継者に指名
1971	林彪、反革命クーデターを企て失敗。逃亡の途中で墜落死
1976	毛沢東死去。江青夫人ら「四人組」逮捕。文化大革命終結

出所・各種資料から筆者作成

することはなく、彭徳懐を党に反対して社会主義の道を阻もうとしていると断じたのである。彭徳懐は59年の第8期中央委員会第8回全体会議（8中全会）で「反党集団の主要人物」とされて国防相を罷免された。それでも彭徳懐は持論を曲げず、62年に再度、党中央と毛沢東に手紙を書き、廬山会議の決定に異議を唱えた。これを審査した同年の第8期10中全会で彭徳懐は共産党員の権利を剝奪《はくだつ》された。

今に続く「一言堂」の体質

中国には「一言堂」という言葉がある。「鶴の一声」の意味である。この言葉には、指導者の一言で物事が決まるという、指導者が強い権威を持っている面と、指導者の周囲の者が反対意見を言えない、という両面がある。

毛沢東が「大躍進」の過ちを諫めた彭徳懐の意見を謙虚に聞き入れず、彭徳懐を排斥し、その毛沢東の決定に誰も異論を唱えなかったことは、共産党に「一言堂」の体質が染みついてしまったことを示している。共産党は、建国の父というカリスマに逆らえなくなっていたのである。この体質は現在まで続いている。

毛沢東は、中国共産党の草創期には、中国の国情を踏まえて農民を組織化し、農村から都市を包囲するという、独自の戦略を採って国民党との内戦を戦っていった。中国共産党の初期には、都市で革命を起こすという、ソ連留学派の考え方が大きな影響力を持っていたが、結局は中国の実情に根差した毛沢東の路線が国民党との内戦を勝利に導いていった。

しかし、その毛沢東は、中華人民共和国を打ち立て、資本家が設立した企業の接収などの社会主義的な改造が進むと、一気に社会主義を推し進めようという急進主義にとらわれていく。そして「大躍進」という悲劇をもたらした。その過程で、中国の実情を踏まえるという、事実を重視した姿勢は失われ、彭徳懐のような、事実を持って誤りを正す意見を、自らに反対するものとして切り捨てるようになってしまった。毛沢東の事実を踏まえない急進主義は、さらに中国に災厄をもたらしていくことになる。

彭徳懐が毛沢東への手紙で指摘した、党幹部らが嘘の報告をすることも、中国共産党に染みついた病理になっている。毛沢東の死後、鄧小平が改革開放へと大きく舵を切り、中国経済は毛沢東がもたらした停滞から抜け出して、高度成長を遂げた。しかし、時代が変わった最近でも、遼寧省で経済統計が水増しされていたことが発覚するなど、地方政府が真実を覆い隠すケースが絶えない。

彭徳懐の指摘は、指導者が事実を直視することや、虚偽の報告をやめることなど、国民にとっては大切なことが訴えられていた。毛沢東によって、彭徳懐の意見が真剣に検討されるどころか、一刀両断に切り捨てられたことは、中国にとっての禍根となった。

劉少奇を打倒するために文化大革命を発動

毛沢東は「大躍進」の過ちを指摘した彭徳懐の意見に耳を傾けることはなかったが、「大躍進」によって大混乱に陥った経済を立て直すため、59年春に開かれた全国人民代表大会（全人代）で国家主席の座を劉少奇に譲った。

毛沢東が中国共産党の初期に、農民を組織化して江西省の井崗山《せいこうざん》に革命根拠地をつくり、「紅区」と呼ばれる共産党支配下の地域を拡大していったのに対し、劉少奇は上海などの「白区」と呼ばれた国民党支配下の地域に潜入して労働者を組織し、ストを実施するなどの地下工作に従事してきた。

毛沢東に代わって国家主席に就いた劉少奇の手によって、調整政策が採られ、「大躍進」で疲弊した経済は落ち着きを取り戻していった。しかし、毛沢東にとっては、自らが急速に進めようとした社会主義化が後退したように映り、劉少奇に対して不満を募らせていた。

再び急進的な社会主義化の路線を取り戻そうとする毛沢東は、66年に文化大革命を発動する。文化大革命の発端は、前年の65年に姚文元《ようぶんげん》が上海の「文匯報《ぶんわいほう》」に発表した『海瑞《かいずい》罷官《ひかん》』を評す」という文章だった。この文章は『海瑞罷官』という歴史劇を書いた北京市副市長の呉晗《ごがん》を批判したものだったが、これを起点に、文化大革命の矛先は北京市党委員会第一書記であった彭真《ほうしん》らに拡大していく。

姚文元は毛沢東夫人の江青、73年に党副主席となった王洪文、75年に副首相となった張春橋と組んで、毛沢東の権威を借りて共産党の権力を簒奪《さんだつ》しようと画策していく。いわゆる「四人組」の結成である。

共産党として文化大革命の発動を正式に決めたのは、66年の政治局拡大会議であった。この会議の決定では、「党と政府、軍隊、文化界に紛れ込んだブルジョア階級は、反革命の修正主義分子であり、機が熟せば彼らは政権を奪取して、プロレタリア独裁をブルジョア独裁に変えるだろう」と断じた。そして、「フルシチョフのような人物が我々の傍におり、各級党委員会はこの点に十分注意しなければならない」と指摘した。

フルシチョフは、ソ連で集団化と反対者に対する大規模な粛清を強行したスターリンへの批判を繰り広げた。政治局拡大会議の決定が指摘した「フルシチョフのような人物」は、明らかに毛沢東の急進路線を修正した劉少奇を指していた。

毛沢東は「大躍進」を批判した彭徳懐を切り捨てた時に続いて、文化大革命を発動した時にも、政治局拡大会議を使った。共産党は階層組織であり、中央委員会の上に政治局があり、その上に最高機関である政治局常務委員会がある。意思決定はそれぞれの多数決による。政治局拡大会議は、政治局委員のほかに政府関係者らも参加する会議であり、毛沢東は多数派工作がしやすい同会議を重要局面で使っている。

政治局拡大会議の決定を受けて、全国の大学、高校などでは修正主義に反対する運動が急速に広がった。各地に紅衛兵が組織され、当初、運動の矛先は学校の教師や指導者に向かった。情勢を落ち着かせるため、劉少奇と鄧小平は大学や高校に工作組を派遣して事態の収拾にあたらせたが、かえって学生間の対立を激化させ、混乱は激化した。

紅衛兵らは中国語で「大字報」という壁新聞を書いて貼り出し、党幹部らへの批判を繰り広げた。こうした中で、毛沢東は「司令部を砲撃せよ――私の大字報」という壁新聞を書いた。これで、文化大革命の目的が劉少奇を打倒することにあることを明確にした。

劉少奇は紅衛兵の打倒の目標となり、68年の第8期12中全会で江青らが提出した劉少奇問題に関する審査報告が採択され、劉少奇は「叛徒、裏切り者、ブルジョア階級に労働者の利益を売り渡した者」とされて、党からの永久除籍と党内外の一切の職務取り消しが決定した。劉少奇は翌69年に監禁された状態で病死した。

法と秩序が無視された文化大革命

文化大革命は、紅衛兵らが批判対象とした党幹部らを暴力的に拘束し、批判大会に連れ出して自己批判を迫るといった異常事態が全国に広まる中、国家元首が法的な取り調べなどを受けることなく死に追いやられるという結果を生んだ。毛沢東は最大の目的を果たしたことになる。

しかし、毛沢東自らが発動した文化大革命の代償はあまりに大きかった。全国から熱狂に駆られて首都の北京に集まった紅衛兵らは、毛沢東への忠誠を示して天安門広場の前を行進した。彼らは「古い思想、古い文化、古い風俗、古い習慣」の「四旧」を破壊すると称して、文化人の家に押しかけて自己批判を迫ったり、寺院や文化財を打ち壊したりした。

文学者らの中には労働改造のために農村へ追いやられたり、激しい批判に耐えきれず自殺する者も出た。

企業や事業体の幹部は吊し上げられたため、生産活動は停滞し、無秩序が全国を支配した。紅衛兵らの暴力は無条件で許され、紅衛兵の中でも派閥ができて互いに攻撃し合った。文化大革命を支持する人たちと、このような状態は異常だと考える人たちが対立し、家族や友人の間でも互いを密告し合う社会になった。文化大革命は中国社会に深刻な亀裂と人間不信をもたらした。紅衛兵らの破壊活動や、幹部への攻撃などは法律を無視したものであったので、全国を無法状態が覆い、中国は法律があっても守られない社会になった。法と秩序が尊重されないところは、現在まで影響している。

体を張って幹部をかばった周恩来

紅衛兵らの攻撃によって多くの幹部が失脚したことは、共産党の組織を揺るがした。経験豊かで実務能力に優れた幹部は、「資本主義の道を歩む実権派」として攻撃の対象になった。こうした中で、首相であった周恩来は、体を張って多くの古参幹部を守った。鄧小平も一切の職務を失い、労働改造のため江西省の工場に追いやられたが、周恩来がかばったため党籍は失わなかった。やがて文化大革命が収束して復活した鄧小平は、改革開放へと舵を切ることで、中国を長く続いた停滞から脱却させていくことになる。文化大革命の嵐の中でも、周恩来が打倒されなかったことが、中国の命運をかろうじてつないでいた。

江青らの四人組は劉少奇に続いて周恩来も倒したかった。しかし、国民に深く敬愛されていた周恩来を打倒することは、遂にできなかった。周恩来は、自らの寿命もあとわずかになった75年の全人代で、農業、工業、国防、科学技術の「四つの現代化（近代化）」を20世紀内に全面的に実現するとの目標を掲げた。文化大革命の長い混乱に疲れた国民にとって、やっと未来への前向きな展望が示された。嵐のような混乱の中で、周恩来は毛沢東への忠誠を示し続けながら、国政の舵も手放さなかった。周恩来という人物がいなかったら、中国は混乱から立ち直る術《すべ》を持たなかったであろう。

毛沢東の後継者に指名されながら叛逆を企てた林彪

文化大革命が激烈だった頃、毛沢東に忠誠を誓う紅衛兵らが北京の天安門広場前を行進する際、振りかざしていた小さな赤い表紙の本がある。毛沢東の話した言葉を集めた「毛沢東語録」である。この本は、毛沢東によって切り捨てられた彭徳懐に代わって国防相となった林彪が中国国内に広めた。林彪は「毛沢東語録」の学習などを通じて、毛沢東への個人崇拝を押し広げていった。その中で、林彪は自らの権力を強めていく。68年に開かれた共産党の第8期12中全会は、劉少奇の党からの永久除籍を決める一方、「中国共産党規約（草案）」を採択し、その中で「林彪は毛沢東同志の親密な親友で後継者である」と規定した。林彪を毛沢東の後継者とする党規約の改定は、69年4月に開かれた第9回党大会で正式に決まった。

この過程で、林彪には毛沢東に忠実な後継者になるのではなく、自らが党を簒奪しようという野心があったとされる。林彪は71年に反革命クーデターを企て、毛沢東を殺害して別の党中央をつくろうとしたとされている。陰謀が失敗に終わると、家族を連れて国外逃亡を図り、途中で搭乗機がモンゴルに墜落して林彪らは死亡している。

中国共産党は73年に林彪の党籍を剝奪している。81年に最高人民法院（最高裁に相当）の特別法廷が林彪に対して下した判決では、林彪を反革命集団事件の主犯と断じている。

不眠不休で林彪事件を処理した周恩来

毛沢東の後継者に指名された林彪が毛沢東の暗殺を企て、クーデターを画策していたという、共産党を揺るがす大事件に直面して、事態の収拾に当たったのは周恩来であった。周恩来は不眠不休で軍隊の掌握に力を尽くした。文化大革命の混乱がまだ収束していない時に、軍の中に不穏な動きが出てくれば、中国は大変な事態に陥っていたであろう。その間、命を狙われた毛沢東は身の安全を守るため、一時期、中南海の居所から人民大会堂に移って仮住まいをしていた。

周恩来が軍を掌握する一方、共産党の組織では林彪事件について段階的に通知を出し、慎重に周知していった。党内の動揺を抑えるために周到な配慮がなされた。林彪事件は国内外で報道管制が敷かれ、毛沢東の後継者の反乱とその墜落死という衝撃的な事実は、長い間伏せられていた。

林彪は抗日戦争や国共内戦で軍功を挙げている。毛沢東の暗殺とクーデターを企てた時は、共産党副主席で中央軍事委員会の副主席にまで上り詰めていた。党規約に毛主席の後継者とまで明記された林彪には、毛沢東に対して忠誠であれば最高権力を握ることが保証されていた。それなのに、なぜ毛沢東の暗殺を画策したのであろうか。毛沢東は文化大革命の中で、劉少奇を打倒するために江青ら四人組を利用している。林彪も、自分が毛沢東に利用されるだけで、やがて切り捨てられるのではないか、という猜疑心《さいぎしん》が働いていたかもしれない。林彪の前任の国防相であった彭徳懐は、毛沢東に切り捨てられている。あるいは、林彪は紅衛兵らに「毛沢東語録」を学習させて毛沢東への個人崇拝を押し広めた過程で、最初から毛沢東の権威を利用して自分が最高権力を握ることだけを考えていたのかもしれない。

いずれにしても、毛沢東は自らの後継者に指名した人物の野心を見抜けなかった。毛沢東は、「大躍進」の過ちを諌めた彭徳懐の意見に耳を傾けることなく切り捨てた。「大躍進」によって疲弊した経済を落ち着かせた劉少奇を追い落とすため、文化大革命を発動して中国を再び混乱に陥れた。そして、文化大革命の中で自身の個人崇拝を広めた林彪を後継者に指名したが、裏切られ自身の暗殺を企てられて、クーデター未遂という事態まで招いた。一連の出来事には、毛沢東が自分の路線を否定する者は容赦なく切り捨て、忠誠を誓う者は過信してしまうという性格が見て取れる。

著作に示した現実主義とかけ離れた毛沢東の行動

毛沢東には、『矛盾論』『人民内部の矛盾を正しく処理する問題に関して』『十大関係を論ず』などの著作がある。これらの著作には、中国の国情を踏まえて、漸進的に革命を進めようという現実主義的な側面が貫かれている。また、毛沢東は「実事求是」という言葉をモットーとして、たびたび揮毫《きごう》している。この言葉は、事実に基づいて真理を探究する、という意味で、虚偽を排除する姿勢を示している。

しかし、中国共産党が政権を握ってから、毛沢東の行為は自らの著作に示された現実主義や「実事求是」の姿勢から乖離《かいり》して、急進的な社会主義化に突き進んでいった。その過程では、中国の現状を踏まえることや、革命は漸進的に進めることなどは忘れ去られていった。毛沢東が自らの著作や「実事求是」という言葉に託して示した思想通りに物事を進めていれば、中国は大混乱に陥らなかったであろう。そこには、権力を握ったカリスマが自らの力を過信して、周囲の諫めに耳を傾けたり現実を直視したりすることなく、ひたすら思い通りの世界をつくりだそうと突進する姿があった。

76年は中国にとって激動の年になった。この年の1月に、建国以来ずっと首相を務め、文化大革命の嵐にも耐えて中国の国政を担ってきた周恩来が死去した。敬愛する周恩来を亡くした国民は深い悲しみに沈んだ。そして9月には毛沢東が死去する。周恩来の後を受けて首相になっていた華国鋒と、国防相であった葉剣英らが協力して、江青ら「四人組」を逮捕した。ここに中国を10年にわたって大混乱に陥れた文化大革命が終焉した。「四人組」の根拠地であった上海では、市民が雌一匹、雄三匹の上海蟹を買って「四人組」の逮捕を祝った。「四人組」は81年に最高人民法院特別法廷で裁かれ、江青、張春橋は死刑、王洪文は無期懲役、姚文元は懲役20年の判決を受けた。

毛沢東は功績第一、過ち第二と総括した中国共産党

文化大革命が収束して復活した鄧小平の主導のもと、中国共産党は78年12月に第11期3中全会を開き、改革開放へと大きく舵を切った。3中全会は文化大革命や、それ以前の歴史的問題について議論し、「階級闘争を要とする」というスローガンを否定した。

さらに81年6月に開いた第11期6中全会では、「建国以来の党の若干の歴史問題に関する決議」を採択した。決議は「大躍進」について、毛沢東や少なからぬ指導者が成果を急

ぐあまり、真剣な調査を経ずに軽率に発動したものである、と総括した。「大躍進」の過ちを指摘した彭徳懐を毛沢東が批判したことも間違いであったと断じた。

文化大革命については、毛沢東が発動し指導したものであるとして、建国以来、党と国家と人民に最も深刻な挫折と損失をもたらした、と指摘した。毛沢東が発動した文化大革命での論点は、マルクス主義を中国の実状と結びつけるという毛沢東思想から外れたものであり、毛沢東のとった行動と毛沢東思想は切り離して考えなければならない、としている。劉少奇に下された「叛徒、裏切り者、ブルジョア階級に労働者の利益を売り渡した者」という罪名は林彪、江青らの讒言《ざんげん》だとして劉少奇の名誉を回復した。

決議は毛沢東について、文化大革命において重大な過ちを犯したが、その一生から見ると、中国の革命に対する功績は過ちよりもはるかに大きいとして、毛沢東の「功績は第一であり、過ちは第二である」と断じた。毛沢東思想は、マルクス・レーニン主義を創造的に発展させたものであるとして、多くの著作を挙げ、社会主義革命のほか、軍事戦略や文化面など幅広い面での貢献を強調した。

この決議によって、中国共産党は毛沢東の時代に経験した混乱に終止符を打ち、階級闘争を全面的に打ち出した時代から、経済建設を優先する時代へと乗り出した。決議には、

「大躍進」と文化大革命について、主な責任は毛沢東にあることを指摘しながら、共産党の中にも「大躍進」で社会主義化の成果を焦ったり、文化大革命で「四人組」らの欲しいままに多くの幹部が攻撃されたことに、教訓をくみ取っている。

しかし、長い混乱の時代について詳細な総括をした上で、決議の結論は中国を近代化した国家へと導くのは共産党である、ということになっている。毛沢東の過ちは指摘しつつも、功績の方が過ちよりも大きいと評価したことは、共産党による統治の正当性をあくまで譲れなかったからである。建国以来の毛沢東を全面否定してしまうことは、共産党の存在意義を失うことにもつながるからである。

毛沢東が社会主義国家・中国の建国に果たした役割が大きかったことは否定できないであろう。しかし、「功績が第一で過ちは第二」と片付けてしまうには、毛沢東が建国後にもたらした混乱によって国民が受けた打撃はあまりにも深刻であった。文化大革命が収束して復活した鄧小平によって踏み切った改革開放の成果で、長い停滞から脱した経済はやがて高度成長を遂げ、毛沢東時代には貧しかった国民は見違えるように豊かになった。ただ、紅衛兵らが欲しいままに文化財を破壊し、幹部を暴力で攻撃した文化大革命の間に、中国社会には法と秩序が守られない体質が根付いてしまった。「大躍進」で顕在化した、地方の幹部が虚偽の報告をする習性も改まっていない。共産党は、毛沢東の死去以後もかろうじて一党独裁を維持したが、経済は高度成長を実現しても、政治体制は法治ではなく「人治」のままになってしまった。毛沢東の敷いた「一言堂」の政治は、中国社会と政治に今も消えない傷を残した。

第3章 共産党が危機に瀕した天安門事件

胡耀邦の死をきっかけに民主化運動が起きる

「戦車が入ってきました！」——民主化運動を武力で鎮圧した天安門事件の第一報は、皮肉なことに、中国当局がその少し前に外国報道機関に解禁していた携帯電話によって、世界を駆け巡った。１９８９年6月3日の土曜日から、4日の日曜日にちょうど日付が変わったころ、首都・北京の中心を東西に貫く長安街の西の方から侵入してきた戦車は、天安門広場に入ると、民主化を求めて座り込んでいた学生らのうち、逃げ遅れた人々をひいていった。広場の中心にある国旗掲揚台には、戦車が乗り上げた跡が残った。

当時、外国報道機関の拠点は、天安門広場よりも東側にあった。このため、軍隊が天安門広場に展開してから後の模様は目撃されていたが、北京市西部の様子は分からなかった。しかし、天安門広場よりも西側にあった民族飯店には、日本企業の駐在員も宿泊していた。その人たちの証言によると、4日の日曜日の朝、長安街は軍隊による民主化運動の弾圧に抗議して戦車の前に立ちはだかり、戦車にひき殺された市民たちの血で真っ赤に染まっていた。死体は既に運ばれてなくなっていた。北京の大学に入学してくる学生の多くは地方出身者である。民主化運動を求めた学生らの死も痛ましかったが、戦車が広場に入る前に多くの市民をひき殺したことが、北京の人々にとって深い恨みを残すことになった。

天安門事件につながる民主化運動の発端は、この年の4月15日に、80年から87年まで総書記を務めていた胡耀邦が死去したことであった。胡耀邦は民主化運動への対応が手ぬるかったとして、鄧小平に総書記を交代させられていた。鄧小平が問題としたのは、安徽省《あんきしょう》の中国科学技術大学で副学長を務めていた天文学者の方励之《ほうれいし》への対応である。方励之は86年12月の講演で、「民主は上から下へ与えられるものではない。自分で勝ち取るものだ。民主は皆の自覚で勝ち取ってこそ、しっかりしたものになる。そうでなければ奪い返されてしまう」と述べた。方励之の影響を受けて、中国科学技術大学と安徽省の省都である合肥の一部大学の学生がデモ行進した。鄧小平は方励之の講演の内容を知り、胡耀邦らに、「方励之の話はまったく共産党員の話になっていない。こういう人間が党内にいて何をするのか。退出を勧める問題ではない。除名だ！」と語った。

安徽省共産党委員会は87年1月に方励之の党籍を剝奪した。その理由は、学生を扇動して騒ぎを起こし、共産党を改変することを公に求め、ブルジョア階級の〝民主〟と〝自由〟などを鼓吹した、というものであった。方励之は天安門事件が起きると、北京の米国大使館に駆け込んで庇護を求め、米国に亡命している。

胡耀邦は民主化運動に一定の理解を示していたため、学生の間で人気があった。また、清廉潔白な人柄が好かれて国民に慕われていた。一方、方励之への対応に見られるように、鄧小平は民主化に対して厳しい態度を取っていた。鄧小平は文化大革命が収束した後、改革開放に舵を切って経済面では資本主義的な手法も取り入れたが、政治面ではあくまで共産党の一党独裁を守ることに固執した。このため、胡耀邦と対照的に、学生の間では人気が低かった。天安門事件につながる学生らの民主化運動が盛り上がっていた時期に、北京大学の学生寮では学生が窓から外にわざと小さな瓶を投げつけて割っていた。中国語では「小瓶」と、鄧小平の「小平」が同じ発音なので、瓶を割る行為で鄧小平への抗議の意思を示していたのである。

胡耀邦は死去の直前、党中央の政治局会議で発言している際、心筋梗塞を起こして倒れた。急死であった。多くの国民に慕われていた胡耀邦の訃報が伝わると、天安門広場の人民英雄記念碑には、その死を悼む人々の花輪が続々と置かれた。やがて民主化を求める学生らが広場に座り込み、広場の前を通って東西に延びる長安街をデモ行進するようになった。そして、デモは学生だけでなく、様々な企業や機関の職場に所属する人々も、それぞれの職場の横断幕を掲げて行進するようになり、規模が拡大していった。共産党の機関紙である「人民日報」の記者らもデモ行進した。

民主化運動の背景に官僚ブローカーへの不満

民主化運動が学生から一般の市民にまで急速に広がったことには背景がある。当時、改革開放の一環として、中国では価格改革が進められていた。改革開放に踏み切る前の計画経済の時代には、モノの価格は国家によって決められていた。統制価格である。統制価格のもとでは、モノの需要と供給の関係が価格に反映されず、消費者の需要が大きくて供給が少ない商品の価格も低いままで、生産者の生産意欲は刺激されなかった。逆に需要より供給が大きい場合でも価格は下がらず、生産が減ることにもならなかった。こうした状態を改めて、需要と供給の関係を価格に反映させることで、供給不足のモノの生産意欲を刺激しようというのが価格改革の狙いであった。ただ、一気に統制価格を市場価格に変えてしまうと、急激なインフレを招いて国民の生活に大きな影響を招く恐れがあったので、同じモノについて、統制価格と市場価格を併存させることにした。二種類の価格が共に存在することを、中国では「双軌制」と呼んだ。

当時の中国はモノ不足の時代で、大半のモノが需要に対して供給が追いつかない状態であった。統制価格を一部残したままで市場価格を導入すれば、当然、市場価格の方が高くなる。そこで、同じモノを統制価格で入手して市場価格で売れば、差額を手にすることができる。こうして価格差を利用して儲ける者が現れた。中国語で「倒爺」と呼ばれたブローカーである。さらに、統制価格で物資を手に入れるには、役人など権限を持っている者の方が有利である。権限を使って統制価格で入手した物資を大規模に市場価格で転売する者は「官倒」と呼ばれた。官僚ブローカーである。「官倒」の中には、石炭を輸送する貨車ごと転売するような例もあった。

このように、働かずして権限を悪用して儲ける「官倒」に対して庶民は怒りを募らせた。一方で、価格改革によって物価が上昇して庶民の暮らしを圧迫していたから、「官倒」への憎しみはなおさらである。価格改革で日用品の値段は上がっていくという予想が強まって、今のうちに買える物は買いだめしておこう、という動きが広まった。マッチのように使えばなくなるものから、自転車のように一人に1台あれば済むものを何台も買う人まで出てきた。

「官倒」が儲けて庶民は物価高に苦しむという状況に加えて、雇用の不安も重なった。計画経済の時代は、高校や大学を卒業した若者は、国が企業や事業体などに分配していて、就職できないという心配はなかった。しかし、改革開放を進める中で、企業の自主性を強めようということになり、段階的に企業が自らの裁量で従業員の採用を決められるように変わっていった。そうなると、高校や大学を出ても就職できない若者が出てきた。こうした若者を中国では「失業者」とは言わず、「待業青年」と呼んだ。社会主義には失業はあり得ない、という建前からである。改革開放による経済活性化の一環で、当時、個人が生花店や美容室などを開くことが認められていた。こうした個人経営者のことを中国語で「個体戸」と呼んでいた。「待業青年」の中で、労働意欲のある若者の中には「個体戸」

となる人もいたが、中には仕事がないまま、社会への不満を募らせる人も多くいた。こうした人々が民主化を求めるデモに加わって参加者は膨らんだ。

ゴルバチョフ訪中を混乱の中で迎える

長安街を連日、デモの隊列が行進する中、民主化運動は最大のヤマ場を迎える。5月15日にソ連共産党書記長だったゴルバチョフが中国を訪問した。中国は、56年にフルシチョフがスターリン批判を展開したことをきっかけにソ連と対立するようになっていた。それから30年余りが経過し、ソ連国内でペレストロイカと呼ばれる改革を推進するゴルバチョフが、長年続いた中ソ対立に終止符を打ち、中ソ和解を実現するために訪中したのである。歴史的な中ソ和解を取材しようと、世界各国からたくさんの報道陣が北京に詰めかけた。天安門広場に座り込む学生らにとっては、中国の民主化運動を世界に伝える絶好の機会になった。

一方、鄧小平をはじめ、ゴルバチョフを迎えた中国共産党の指導部にとっては、歴史的な中ソ和解を、混乱した首都で実現することになってしまった。とりわけ国家主席であった楊尚昆《ようしょうこん》にとっては、天安門広場が学生に占拠されているため、晴れの歓迎儀式を人民大会堂で行わざるを得ず、面子をつぶされた。このことが、民主化運動を弾圧する決断につながっていく。

ゴルバチョフが北京から上海に移動し、上海で日本と中国の合弁企業を視察した後、帰国したのを見届けると、首相であった李鵬《りほう》が5月19日夜に人民服姿でテレビの画面に現れ、北京市への戒厳令を布告した。この日の未明、共産党総書記であった趙紫陽は天安門広場に姿を現し、涙を浮かべながら学生らに拡声器を通じて、「私がここに来るのは遅すぎた」と語った。指導部が民主化運動の弾圧を決めた、と言うことはできなかったが、流血の事態を避けるために学生らに広場からの退去を促したい、と思って発した言葉であったが、趙紫陽の真意は学生らに伝わらなかった。この時、趙紫陽は既に実権を失っていた。

北京市に発動された戒厳令は奇妙なものであった。戒厳令が出された翌日から、北京では交通警官が姿を消した。軍隊が出動するわけでもなく、長安街では学生や市民らのデモが続き、交通は無秩序状態であった。いったい、当局はどのように事態を収拾しようとしているのか、さっぱり分からないような状態が続いた。そうした中で、北京市の東部から戦車が中心街に入ろうとして、市民に阻止されて戻っていくのが目撃された。

そうして迎えた6月3日から4日にかけての深夜、北京の夜空には、天安門広場を制圧した後、周囲に向けて発砲する人民解放軍の銃声が響き渡った。軍は広場を占拠した後、武力制圧に抗議するために広場の方に近づこうとする市民らに発砲しながら、長安街の東側に向けて戦車を進めていった。銃弾が飛び交う中、危険を顧みず広場に近づこうとする人たちの中には、共産党機関紙の「人民日報」の記者もいた。

不可解だった軍の行動

天安門事件には、いまだに謎の部分がある。その一つが軍隊の行動である。天安門広場を制圧した後も、軍は北京市の中心部に向かって増派を続けた。長安街の裏通りでは、銃剣を持った兵士を満載した軍のトラックが中心部に向けて続々と走っていくのが目撃された。その規模は、天安門広場を制圧し、民主化運動を鎮圧するには十分なものを上回っているように思われた。

そして、不可解だったのは、長安街を軍のヘリコプターが低空飛行で通過していき、さらに外国報道機関の支局などが集まる建国門外の外交公寓（アパート）のそばの立体交差で、戦車が四方に陣取り、東西南北の外側に向かって砲門を上げていたことである。軍事専門家によると、この戦車の構えは、外部から侵入してくる敵を迎え撃つ時のものであるという。

当時、軍の間で、第×軍と第×軍が対立している、といった報道が日本でも流されていた。しかし、真相は確かめようがない。ただ、言えることは、民主化運動を鎮圧するだけの目的にしては過剰な部隊が投入され、軍の行動に北京市の秩序回復だけを目指したのではない、異様なものが見られた、ということである。

軍の不可解な行動は続き、長安街を多数の戦車が往来していたが、ついに外交官や報道関係者、航空会社に勤務する外国人たちが住む建国門外の外交公寓に向けて、兵士が発砲するという異常な事態が起き、日本を含む複数の西側外交官の住宅に銃弾が撃ち込まれた。これを受けて各国は北京市に住む自国民を帰国させることを決めた。日本人も続々と帰国した。この事件では、外交公寓に住む外国人に死傷者は出なかったものの、なぜ外国人の住む外交公寓に発砲したのかなど、中国当局からの説明も謝罪もいまだにない。

天安門事件当時の人民解放軍の行動は、中国の軍は果たして統制がとれているのか、という疑念を生む。現在、中国は領土をめぐってベトナムやフィリピンと係争している南シナ海で、軍事拠点を築くなど海洋進出を強めている。日本との間でも、尖閣諸島の付近に艦艇を進めたり、航空機が飛来したりしている。こうした中で、もし中国軍の中に、現場の判断だけで行動したりすることがあれば、不測の軍事衝突を招く可能性もある。習近平体制のもとで中国軍の指揮命令系統が統率のとれたものであるかどうかは、日本にとっても重大な問題である。

北京からの避難も準備していた鄧小平

もっとも、共産党が人民解放軍を指揮する中国において、天安門事件当時は党の最高指導部が民主化運動に対して、意見をまとめることができていなかった。ゴルバチョフ訪中が終わった時点で、戒厳令を布告するかどうかについて、5人の政治局常務委員と楊尚昆が、鄧小平の自宅で、鄧小平を交えて会議を開いた。政治局常務委員のうち、李鵬と姚依《ようい》林《りん》が戒厳令の布告に賛成したが、趙紫陽と胡啓立《こけいりつ》が反対し、喬石《きょうせき》は中立の立場を取った。最終的には楊尚昆が戒厳令の布告に賛同し、鄧小平の裁断で武力弾圧は決まった。

朝日新聞の上海と北京支局に勤務し、天安門事件を現地で取材した堀江義人氏は、著書

『毛沢東が神棚から下りる日』の中で、軍の突入を決めた後、鄧小平が身の安全を考えて北京市西北方にある軍の高級幹部別荘に移ったことを明らかにしている。身に危険が迫ったなら、近くの西郊空港から武漢へ飛び、そこから全国の部隊を指揮する予定だった、としている。天安門事件は、まさに中国共産党にとって瀬戸際の危機であり、中国が内乱に陥る可能性もあったのである。

中国が武力で民主化運動を鎮圧したことを受け、日米欧など西側諸国は一斉に中国に対する経済制裁に踏み切った。対中ビジネスはストップし、中国に駐在するビジネスマンは引き揚げた。上海の外資系企業が入居するビルでは、仕事がなくなった中国人スタッフが「北京はとんでもないことをしてくれた」と嘆いた。海外からの対中投資は停止し、中国からの輸出も落ち込んだ。89年から90年にかけて中国の経済成長率は急低下した。

こうした苦境を打開するため、鄧小平は92年に広東省の深圳、珠海の経済特区などを視察し、「改革開放を大胆に進めよ」と檄《げき》を飛ばした。鄧小平の指示は「南巡講話」と呼ばれる。西側諸国の経済制裁で海外からの対中投資がストップする中で、華僑資本は対中投資を再開するタイミングを見計らっていた。中国の内情に通じている華僑は、鄧小平の「南巡講話」を、対中投資を再開しても大丈夫だというシグナルと受け止め、ビジネスを再始動した。華僑資本の動きを見て、日米欧など西側諸国の企業も対中投資を復活させていった。しかし、中国にとって経済環境が好転するまでには長い時間がかかり、民主化運動を武力で鎮圧した代償は大きかった。

「反腐敗」の背景に天安門事件の教訓

天安門事件は中国共産党に深刻な教訓を残した。民主化を求める学生らに多くの市民が加わってデモを繰り広げた背景には、働かずに儲ける「官倒」への強い不満と物価高、そして雇用不安があった。

「官倒」の腐敗行為が広く反発を招いていたことへの反省が、習近平が「反腐敗」に力を入れる背景にある。「官倒」が悪用した統制価格と市場価格の「双軌制」は現在ではなくなり、ほとんどのモノの価格が市場によって決まるようになったため、物資の横流しだけで儲けることはできなくなった。しかし、改革開放による成長で経済規模が大きくなるにつれて、共産党が握る許認可などの権限が動かす利得も巨大になっている。天安門事件の後も、法治ではなく、「人治」がまかり通ってきたため、コネが幅を利かせる状況はますますひどくなっている。例えば、病気をしても、良い病院の良い医者にかかろうと思えば、コネがないと駄目である。だから、あらゆる場面で賄賂の授受が当たり前になっている。

そうした中で習近平が進める「反腐敗」は、共産党内を引き締めて習近平への忠誠を誓わせる効果はあっても、腐敗行為そのものを根絶する働きにはならない。国民も、最初のうちは習近平が自分たちのために腐敗を取り締まってくれている、という評価をしていたけれど、結局、腐敗が行き渡った体質は変わらないし、かえって共産党の独裁ぶりはひどくなっている、と感じている。

物価高については、経済運営の中で共産党が神経を遣ってきた。多くのモノの供給が需要を上回るようになってきた現在、物価全体は落ち着いている。ただ、投機資金が流れ込んで一部の都市で不動産バブルが起きていることが懸念材料である。当局は不動産価格の鎮静化に躍起になっている。

雇用についても、共産党は社会不安を生まないように気を遣ってきた。中国では毎年、大量の新規労働力が労働市場に参入するため、雇用の確保が重要である。ただ、改革開放と同時に始めた、一組の夫婦が産める子供の数を一人に制限する一人っ子政策が長く続いた結果、労働力人口は減少し始めている。このため、雇用を確保する圧力は軽減しつつある。

もう一つの重大な教訓は、何も持たない学生や市民らの運動を戦車などの軍隊で鎮圧したため、おびただしい死者を出したことである。共産党は、毛沢東が自ら発動した文化大革命で全国に暴力行為が広がる事態に直面したが、民主化を求める大規模な学生運動は経験したことがなかった。このため、学生運動が盛んに起きた日本の機動隊のような組織を持たず、いきなり軍隊を投入せざるを得なかった。

この反省から、中国では、日本の機動隊のように、盾による警備や放水などのソフトな手段で市民の抗議運動などに対処できるようにしてきた。改革開放による高度経済成長の過程で環境問題が深刻化し、市民の環境に対する意識も高まる中で、環境を汚染する物質を出すような工場の建設に対し、市民が反対する運動が各地で起きている。こうした運動への対処が柔軟にできるようになり、天安門事件のような流血の惨事は避けられるようになってきた。

潰《つい》えた民主化の最大のチャンス

中国共産党にとっては、数多くの教訓が残った天安門事件であったが、民主化運動を起こした学生らや市民にとっては、民主化を求めるうねりを大きく高めた。しかし、軍隊による弾圧の後、学生運動を引っ張ったリーダーの多くは米国に亡命した。2010年に国内に住む中国人としては初のノーベル平和賞を受賞した劉暁波《りゅうぎょうは》は、天安門事件の前に米国で研究生活を送っていた。天安門事件につながる民主化運動が起きると、米国から帰国して学生の運動に身を投じた。軍による弾圧の後、劉暁波は反革命罪で投獄され、ノーベル平和賞を受けても出国できなかった。以後も天安門事件で犠牲になった学生らの名誉回復や中国における人権の改善などを訴えて釈放と投獄を繰り返し、服役を続けてきた。17年6月に劉暁波が末期の肝臓がんであることが判明すると、当局は遼寧省の病院に移して治療にあたった。その後、米国とドイツから専門医が治療に加わり、劉暁波は国外での治療を希望して米独が受け入れを表明し、中国当局と交渉したが、最終的に国外移送は認められなかった。病状の進展は早く劉暁波は7月13日に61歳で死去した。劉暁波の墓ができて民主化の象徴となることを恐れた当局は、遺族によって劉暁波の遺灰を海に撒かせた。中国国内では劉暁波が死去したことは一切報じられていない。実質的な獄死を遂げた劉暁波の最期をめぐる中国当局の神経質な対応には、中国の国民に天安門事件のことを一切思い出して欲しくないという強い思いが表れている。

天安門事件につながる民主化運動では、学生だけでなく報道機関の関係者も民主化を支持して運動に加わった。デモには「人民日報」の記者らも横断幕を掲げて行進した。軍隊が天安門広場を制圧した日の夕方に放送された中央テレビのニュース番組には、男女の人気アナウンサーが黒いスーツと黒いネクタイを着て現れ、犠牲になった学生らに服装で弔意を示した。読み上げる原稿は当局のチェックを経たものであったが、服装によって弾圧に抗議の意思を示したのは勇気ある行動であった。中央テレビの内部でも、こうした服装でアナウンサーが登場することを許していたということは、「人民日報」と同様に民主化に賛同する関係者が多くいたことの表れだった。

しかし、現在は自らの権威を高めることに腐心する習近平のもとで、言論統制は強まっている。共産党の宣伝が、これでもか、というほど流され、習近平の国内視察や外遊の報道では、習近平の発言や指示などの事実の報道に加えて、必ず習近平を称賛する記事が付け加えられる。こうした言論統制にうんざりして、若い優秀な記者らが転職する例が後を絶たない。もともと三権分立が確立していない中国で、報道機関も共産党礼賛一色になり、権力に対する監視機能はほとんどなくなっている。

改革開放で高度経済成長が続いた中国では、民主化運動は下火になった。それは、決して国民の間で中国共産党の一党独裁が受け入れられるようになったことを意味しない。しかし、天安門事件につながる民主化運動は、中国が民主化する最大のチャンスであったかも知れない。そのチャンスは、人民の軍隊が人民に発砲する事態の中で潰えてしまった。

第4章

中国を変えた朱鎔基

「洋躍進」で毛沢東の過ちを繰り返した華国鋒

10年にわたり中国全土を大混乱に陥れた文化大革命を発動した毛沢東が1976年に死去すると、華国鋒が中国共産党主席の座を継いだ。華国鋒は、毛沢東が生前に「あなたがやれば私は安心だ」と語って後継者に指名していたという。

華国鋒は、毛沢東が犯した「成果を焦るあまり無謀な計画を実行する」という過ちを再び繰り返した。78年の全国人民代表大会（全人代）で、首相を兼ねていた華国鋒は政府活動報告をして、この全人代で「76年から85年に至る国民経済発展10年計画の綱要」が採択された。政府活動報告と「綱要」は、野心的な発展目標を示していたが、長い文化大革命で停滞が続いた経済を立て直し始めた矢先の中国にとって、とても実現するのは不可能なものであった。そこに示された目標は、20世紀末に多くの省（日本の県にあたる単位）の工業は欧州の先進国の水準に追いつくか追い越す、としており、交通運輸は大量輸送・高速化を実現し、主要な経済指標は世界の先進レベルに近づき、追いつき、追い越す、などとしていた。毛沢東が発動して挫折した「大躍進」の再来であった。

10年計画では、油田、ガス田、製鉄所を大規模に建設するとともに、鉄道では新幹線の建設も打ち出した。問題は、こうした目標の実現のために、財源の当てもなく、石油化学などの分野で海外から巨額のプラントを買い付けたことであった。当時、まだ中国は外貨の蓄積がわずかであり、すぐに外貨が底をつくと、契約したプラント代金が払えなくなり、大量のプラント契約の破棄に追い込まれた。新日鉄が技術協力した上海の宝山製鉄所の建設も、支払い条件の変更や契約キャンセルなどのさまざまな紆余曲折を経ることになった。プラント契約の破棄は中国の国際的な信用を著しく傷つけた。

この無謀な発展計画は「洋躍進」と呼ばれた。「洋」は海外を意味する。毛沢東の「大躍進」をもじったものである。海外から大量のプラントを買い付けた点は、「大躍進」と違うが、実現可能性を無視した夢のような計画を追ったところは一緒であった。そして、またしても先進国に追いつき、追い越すことが目指されたのである。毛沢東時代の教訓は生かされなかった。

ただ、「大躍進」では彭徳懐が毛沢東に無謀な経済建設を諫めたが、「洋躍進」では共産党内に異論を唱える者はいなかった。当時の状況は、中国語で「頭脳発熱」と表現されている。頭に血が上り、冷静さを失っていることを意味する。華国鋒だけでなく、当時の共産党指導部は、長かった文化大革命に終止符を打ち、これからは経済建設に集中できるという思いが強まり、経済発展の停滞を一気に取り戻したいと焦った面が大きい。また、先進国の水準に早く追いつきたいとの思いから、実行可能性をよく考えず、あまりに壮大な計画を描いてしまうところは「大躍進」と同じであった。その背景には、1840年からのアヘン戦争以来、長期にわたって先進国に大きく後れをとってきたが、それを取り戻したい、との強い民族的感情が働いていた。

「民主化に手ぬるい」と解任された胡耀邦

78年に開いた共産党の第11期中央委員会第3回全体会議（3中全会）で改革開放へと舵を切った鄧小平は、81年に華国鋒を辞任させ、後任に胡耀邦を充てた。胡耀邦は共産党の青年育成組織である共産主義青年団（共青団）の出身である。胡耀邦の肩書は当初、党主席であったが、就任翌年の82年から党中央総書記になった。これは、党中央書記処という組織のトップという意味で、主席から総書記になっても共産党全体のトップであることに変わりはないのであるが、総書記という呼称には、主席よりも集団指導体制を強調する意味合いがある。書記処は文化大革命の混乱の中で66年に機能を停止し

中国共産党の歴代トップ

	在任期間	主な出来事、事績
毛沢東	（1945-76）	大躍進（1958）、文化大革命（1966-76）、林彪事件（1971）
華国鋒	（1976-81）	洋躍進（1978）
胡耀邦	（1981-87）	民主化運動（1986）
趙紫陽	（1987-89）	天安門事件（1989）
江沢民	（1989-2002）	「三つの代表」論（2000）
胡錦濤	（2002-12）	科学的発展論（2003）、リーマンショック（2008）
習近平	（2012-）	アジアインフラ投資銀行（AIIB）設立（2015）

出所・各種資料から筆者作成

ていたが、80年に復活した。中国共産党のトップを総書記と呼ぶのは、胡耀邦から習近平まで続いている。

胡耀邦は、それまで共産党の要人が人民服を着ていた中で、スーツにネクタイ姿を初めて定着させ、改革開放に舵を切った中国が新時代に入ったことを国内外に強く印象づけた。胡耀邦の業績で大きいのは、毛沢東時代に失脚した大量の幹部の名誉回復を成し遂げたことである。胡耀邦は文化大革命が収束した翌年の77年に中央組織部長に就いている。その後、中央秘書長であった時期や、総書記に就任した後も、大規模な調査を通じて、失脚した幹部が冤罪であったことを示していった。その中には、「大躍進」を発動した毛沢東を諫めた彭徳懐や、文化大革命より前に批判された、習近平の父である習仲勲、文化大革命で倒された劉少奇や楊尚昆らも含まれていた。幹部の名誉回復は84年まで続き、冤罪から名誉回復した幹部の数はおよそ３００万人に上った。

胡耀邦は名言を残した。「政治家は一晩眠れば忘れられる」というものである。中国は50年代から続いた旧ソ連との対立を終わらせ、歴史的な和解をしようとしていた時であった。胡耀邦のこの一言は、指導者が決断を下せば、大きな歴史的転換を実現できることを示したものであった。しかし、胡耀邦は89年４月８日の政治局会議で発言中に心筋梗塞で倒れ、同月15日に死去して、5月15日からのゴルバチョフ・ソ連共産党書記長の訪中によって実現した中ソ和解を見届けることができなかった。

胡耀邦は、86年に安徽省の中国科学技術大学で方励之が主導した民主化を求める学生らのデモへの対応が手ぬるかったとして、鄧小平によって87年に総書記を解任されていた。

天安門事件で失脚した趙紫陽

鄧小平は胡耀邦の後任に趙紫陽を充てた。中国では、「コメが食べたければ万里を探せ、食糧が食べたければ紫陽を探せ」という言い方が流行したことがある。万里は副首相を務めた人物で、77年から79年まで安徽省の共産党トップに在任した間に、農業の家族請負経営を導入して食糧生産を拡大した。中国の農業は毛沢東が全国に押し広めた人民公社の制度のもとで、食糧生産が長く低迷した。人民公社では、農民には収穫量に関係なく畑に出た日数で報酬が出たため、一生懸命働いても働かなくても、報酬に差がないことから労働意欲が湧かなかった。そこで、万里は食糧の生産目標を農家に割り当て、超過分は自分たちで売ってもよいことにした。農民の生産意欲は刺激され、食糧生産は大きく伸びた。安徽省で成功した家族請負経営は、瞬く間に全国に広まり、人民公社は解体された。安徽省の農業改革は改革開放の口火になった。

趙紫陽も75年から80年までの四川省の共産党トップ時代に農業改革で成果をあげ、食糧生産を拡大したことから、万里と並んで食糧事情を改善した象徴と言われた。「紫陽を探せ」の「探す」に当たる中国語の「找」は趙紫陽の「趙」と発音が通じていることから、掛け言葉になっている。

趙紫陽は総書記に就任すると、「沿海発展戦略」を打ち出した。これは、中国の沿海地域が海外との貿易に有利な条件を備えていることや、沿海地域に労働集約的な産業を発展させる条件が備わっていることを踏まえ、沿海地域で輸出主導の産業を発展させることを提唱したものである。この中で、趙紫陽は「両頭在外」と「大進大出」という言葉をキーワードにしている。「両頭在外」は、原材料の供給先と、製品の販売先の二つをともに海外に求める、という意味である。「大進大出」は、大いに輸入し大いに輸出する、という意味である。「進」は中国語で輸入を指す「進口」のことで、「出」は輸出の「出口」のことである。原材料を輸入して中国で加工し、製品を輸出する加工貿易の推奨である。中国の豊富な労働力を活用して、国際経済に積極的に参入して輸出産業を育成しようという戦略である。この戦略は中国が輸出主導で高度経済成長を実現していくきっかけになった。輸出産業が育ったことで、中国は外貨を蓄積していくことができた。

趙紫陽はまた、「社会主義初級段階論」を提起している。これは、中国の現状が社会主義の段階には入っているが、まだその初級段階であり、この初級段階は相当な長期にわたって続くという認識を示したものである。共産党には、社会主義がやがて共産主義の段階に進み、そうなれば物資は十分に供給され、人々は働きたいだけ働き、欲しいだけモノを手にすることができる理想社会が到来する、というマルクス主義の基本的な認識が根付いていた。しかし、「社会主義初級段階論」では、中国が植民地の状況から社会主義に進んだため、生産力は十分でなく、初級段階から次の段階に進むには相当な時間を必要とする、としている。

中国は毛沢東の時代に「大躍進」に突き進み、華国鋒の時代になってからも「洋躍進」の挫折を味わった。ともに、現状を直視せず、実力を過信して盲目的な急進主義に走ったものであった。「社会主義初級段階論」は、共産党内だけでなく、国民の間でも急進主義を排して、腰を据えて漸進的な経済建設を進めようという認識を定着させることに寄与した。

趙紫陽は、海外の報道機関などに対してオープンな姿勢をとり、情報公開にも前向きだった。87年10月に開かれた第13回党大会は、初めて海外報道機関に公開された。開幕前の人民大会堂の準備状況を取材した報道陣は、突然流れたテレサ・テンの歌に驚いた。報道陣は、「中国はここまで開放的になったのか」と受け止め、日本の通信社は「人民大会堂にテレサ・テンの歌が流れた」という記事を配信した。ただ、テレサ・テンの歌が流れたのは担当者の手違いで、後にこの担当者は処分された。

趙紫陽は、共産党や政府の要人が住む中南海の一部も、海外報道機関に公開した。記者らは、中南海の入り口で車のナンバーのチェックを受けた後、毛沢東や周恩来も住んでいた歴史的な建物の一部を中まで参観することができた。日本の新聞社の社長が訪中した際には、趙紫陽が自ら中南海に招いて会見した。その際、随行した記者も同席し、趙紫陽は社長だけでなく記者ら一行とも握手した。

日本の社会党委員長であった土井たか子（故人）が中国共産党の招きで訪中した際には、人民大会堂の歓迎宴に日本の記者らも同席し、趙紫陽の「乾杯」の音頭に、趙紫陽と並んで立った土井たか子がアルコール度数の高い茅台酒を一気に飲み干し、趙紫陽が驚いた表情で見つめる場面をすぐ横で見ることができた。

天安門事件につながる民主化運動の最中に訪中したゴルバチョフ・ソ連共産党書記長と

会談した折に、趙紫陽は海外の記者らに、中国共産党は重大な問題では鄧小平の指示を仰いでいることを明かした。鄧小平は既に一切の役職を担わなくなっていたが、人事や重要な政策は鄧小平が決めていることは周知の事実であり、このために、日本の報道機関は鄧小平のことを「中国の最高実力者」と呼んでいた。しかし、趙紫陽の発言は国家機密を外国報道機関に漏らしたとして、総書記を解任される理由の一つになった。

趙紫陽は総書記を解任された後、２００５年に死去するまで、ずっと北京の自宅で軟禁状態に置かれた。趙紫陽が総書記に在任していたころ、北京には日本企業をはじめ外国企業の駐在員が増えていた。まだ中国に娯楽の少ない時期であったので、外国人駐在員のためにゴルフ場が開設されていた。趙紫陽はこうしたゴルフ場でプレーすることもあった。天安門事件で趙紫陽が失脚した後、北京市民は、「中国人の生活水準はまだ高くない。趙紫陽がゴルフをしたのは早すぎた」と語っていた。

「三つの代表」論を提起した江沢民

自らが共産党トップに指名した胡耀邦と趙紫陽を、ともに民主化運動への対応が原因で更迭せざるを得なかった鄧小平は、今度は上海市の共産党トップであった江沢民を後継者に据えた。江沢民が趙紫陽の後の総書記に就くと、北京市内にはあちこちに「江沢民同志を中心とする党中央を断固として擁護する」という横断幕が張られた。天安門事件の熱が冷めやらぬ中で、共産党のもとに団結する必要を強調しなければならない状況であった。しかし、それ以上に、北京市民にとっては、「江沢民とは誰のことか」と言われるほど、江沢民の知名度は低かったから、新たな共産党トップの名前を、まず浸透させる必要も高かったのである。

江沢民は重要な政策について、鄧小平の指示を仰いだ。１９９０年に上海と深圳に証券取引所が開設された。この時も江沢民は社会主義の中国に証券取引所を開いていいものかどうか、鄧小平に伺いを立てている。当時、農村で広まった郷鎮企業や集団所有制の企業の間で、株式を発行する企業が増え、株式を売買する場として証券取引所を開設する気運が高まってきた。証券取引所ができれば、企業にとって資金調達の手段が広がる。しかし、社会主義なのに証券取引所を開くのはどうだろうか、悩んだ江沢民は鄧小平の意見を求めた。鄧小平の答えは、「やってみればいいではないか。やってみてだめならば、やめればいい」というものであった。この答えで、社会主義国家・中国に証券取引所が誕生することが決まった。

江沢民の伺いに対する鄧小平の答えは、「白猫でも黒猫でも、鼠を捕るのは良い猫だ」という、有名な「白猫黒猫論」に象徴される鄧小平の現実主義を表したものであった。鄧小平は経済発展に役立つならば、資本主義的な方法を試すことをためらわなかった。しかし、中国の民主化には一貫して否定的な態度を取り続けた。

江沢民は、鄧小平が97年に死去した後の2000年に、「三つの代表」論を提起した。これは、中国共産党が、「中国の先進的な生産力の発展の要求」と「中国の先進的な文化の前進の方向」および「中国の最も幅広い人民の根本的利益」を代表している、というものである。「三つの代表」論の特徴は、共産党が「最も幅広い人民の根本的利益」を代表している、とした点にある。それまで、共産党は労働者と農民の党とされてきた。資産を持たない無産階級（プロレタリアート）の党と位置づけられてきたのである。ところが、当時、改革開放政策の中で、私営企業の存在が認められ、その中には発展を遂げる企業も出てきた。私営企業は、個人の経営者が設立した企業の中でも、8人以上の従業員を雇用する企業で、雇用する従業員が8人未満の個人経営（中国語で「個体戸」）と区別される。中国では、毛沢東の時代に個人が経営していた企業は接収され、資本家は迫害された。その記憶があるため、改革開放の時代に誕生した私営企業経営者らは、企業が稼いだ利益を国内で再投資することをためらい、中には資産を海外に逃避させよう、と考える者もいた。

こうした状況に対し、江沢民が「三つの代表」論の中で示した、「最も幅広い人民の根本的利益」を共産党が代表するということには、私営企業の経営者の利益も共産党の支配下で守られることを表明する意図があった。また、私営企業の経営者らにも共産党員になる道を開き、共産党が労働者と農民の党から、国民政党へ脱皮することを目指す狙いもあった。

「三つの代表」論は、「三つの代表思想」として、マルクス・レーニン主義、毛沢東思想、鄧小平理論と並んで、中国共産党の指導思想として党規約に明記された。江沢民は毛沢東、鄧小平と並び称されて、歴史に名を刻むことになった。

江沢民は2000年に「西部大開発戦略」を打ち出した。改革開放政策の中で、東部の沿海地域は早くから外資を誘致する経済特区が設置され、輸出産業主導で他の地域よりも高い成長を遂げてきた。これに対して、内陸の西部地域は東部の港から遠く、物資の輸送が容易でなかった上に、インフラ整備も遅れていて、なかなか外資を誘致できなかった。

そこで、西部地域に重点的に投資して交通網などを整備し、外資を誘致する条件を整えることを目指した。「西部大開発戦略」によって、それまで東部に比べて低かった西部の経済成長率が上昇し、日本企業の中にも四川省の重慶や成都に投資するところが現れるようになった。

江沢民は中国の庶民に嫌われている。チャットアプリの「微信」には、ダンスする人の顔を江沢民の顔に貼り替えて茶化した動画が投稿されている。地元共産党のトップを務めた上海では、もっと嫌われている。「ワタシ、スコシ日本語ハナセマス」など、片言の外国語をひけらかすところが、「恰好をつけている」として上海人に嫌がられる面もある。しかし、上海人が江沢民を嫌う最大の理由は、江沢民が揚州《ようしゅう》人だからである。上海の男性は美人と出会って交際したとしても、相手が揚州出身だと分かると、「さようなら」だという。上海はもともと都会ではなかった。周辺の地域から集まった人々によって開けた歴史がある。その中で、揚州人は下積みの仕事に従事してきた。だから、いまだに上海人には揚州人を見下す感情がある。中国では、特定の地域に対する差別意識が驚くほど強い。日本企業が、東北のある地方で商談があり、中国人スタッフを派遣しようとしたところ、「そこだけは、どんなに高い手当をもらっても行きたくない」と拒否されたことがある。

江沢民の最大の貢献は、1998年から2003年まで首相を務めた朱鎔基《しゅようき》に、思う存分に腕を振るわせたことである。この点が、自らに権限を集中して、現在の首相である李克強に任せるよりも、自分ですべてを取り仕切ろうとする習近平と大きく違う。

国有企業改革とWTO加盟で中国を競争にさらした朱鎔基

朱鎔基は1970年代に国家計画委員会で働いていたころ、毛沢東の指示で幹部を再教育するために設けられた「五七幹校」というところに「下放」させられたことがある。「下放」というのは、幹部や知識人に農村の暮らしや農民の労働を教え込むため、一定の期間、農村に住んで農民とともに労働させることである。

朱鎔基は87年から91年まで、上海市長と上海市の共産党トップを務めた。朱鎔基は部下に厳しかった。会議に遅れてきた部下に遅刻の理由を問いただし、部下が交通渋滞を理由にすると、「渋滞することは分かっているのに、なぜ、それを見越して早く出ないのだ」と叱り、廊下に立たせることもあった。朱鎔基は雨で市内に冠水したところがあると、長靴を履いてその場所を訪れ、市民を慰問した。江沢民と対照的に、上海市民の間での人気は高かった。上海市民は幹部の仕事ぶりに対する評価が厳しい。

鄧小平は、91年に朱鎔基を副首相に引き上げている。その理由は、天安門事件の際に、朱鎔基の手腕によって上海は比較的平穏に保たれたからである。北京で学生らの民主化運動が盛んになると、上海でも、北京の学生らに連帯を示す学生らがデモ行進した。しかし、その行動は北京と違っていた。上海では、学生らが市の中心部から離れた場所にある大学を出て、道路をデモ行進する際、必ず警察車両が伴走していた。市の中心部の人民広場で集会を開くと、学生らは当局が用意したバスに乗って大学に帰っていく。北京の学生は多くが地方出身者であったが、上海の学生は地元出身者が多い。彼らは、デモの際に警官に撮影されたビデオをもとに、自分の親の立場に影響が出ることを恐れて、過激な行動には走らなかった。

しかし、北京の学生らが武力で弾圧されて多くの犠牲者が出ると、上海でも学生らが抗議行動に出た。上海は北京の長安街のような幅の広い道路がなく、市内には目抜き通りが交差する十字路が多い。学生らは多くの交差点にバリケードを築いて交通を妨害した。当時の上海にはまだ地下鉄が開通しておらず、市民の足であるバスやトロリーバスが動けなくなったことで都市機能はマヒした。進出している日本企業にも現地スタッフが出勤できなくなり、ビジネスは停止した。

ここで、朱鎔基が取った対応は慎重なものであった。国有企業が多かった上海には退職した労働者がたくさんいた。朱鎔基は彼らを組織して、夜間に学生を刺激しないように、少しずつバリケードを除いていった。そして、頃合いを見計らって、ある日の夜にテレビに出演した朱鎔基は、「学生の皆さんの愛国の情熱はよく分かる」とソフトに語りかけ、上海のような大都市で都市機能がマヒしたことの経済的影響を説いて、秩序回復が大切なことを諄々と諭していった。そして、最後に正面をきっと見つめて、「ごろつきは許さないぞ」と強い口調で言い切った。

すると、翌朝、市内の交差点はバリケードが除かれすっきりとし、日本企業などが雇用する現地人スタッフも出勤してきて、経済活動はたちまち正常化した。日本企業の代表者は、「朱鎔基さんの演説はすごかった」と感嘆の声を上げた。

朱鎔基が市長を務めていたころの上海には悲願があった。現在は高層ビルが立ち並んで観光名所になっている外灘（バンド）対岸の浦東地区は、当時、高い建物が何もない野原であった。上海では、以前から、この広大な浦東地区を開発して発展の原動力にしたいという計画があった。それには、まず、市の中心街である浦西地区と浦東地区を隔てる黄浦江《こうほこう》に橋をかけるなどして、交通の便を良くする必要があった。当時は二つの地区の間には渡し船しかなかった。

しかし、浦西と浦東の両地区に橋をかけるなど交通を改善し、浦東地区を大規模に開発するためには、巨額の資金が必要であった。当時の上海は国有企業の占める割合が高く、国有企業は利潤を中央政府に上納していたので、上海市には浦東地区を開発する財政的な余裕がなかった。そこで、何とか浦東開発を国家プロジェクトとして認定してもらい、国の予算を得たい、というのが上海の悲願であったのである。

この、上海市の悲願に、朱鎔基の市長在任中にチャンスが巡ってくる。天安門事件で民主化運動が武力で弾圧されると、中国は西側の経済制裁に遭い、経済は苦境に陥った。中国としては、再び海外からの投資を呼び込むために、それまでの深圳、珠海、廈門《アモイ》、汕頭《スワトウ》の経済特区に加えて、新たな外資誘致の目玉をつくりたかった。そこへ、上海から江沢民が総書記に引き上げられ、鄧小平は江沢民のもとで市長として天安門事件の際の上海を大きな混乱なく収めた朱鎔基の手腕を評価した。このチャンスを生かした江沢民と朱鎔基の手によって浦東開発計画は国家プロジェクトに認められることになる。

浦東開発計画が始動すると、黄浦江には二つの大きな橋がかかり、浦東には新たな国際空港も開設された。外灘の対岸には高層ビルが並んで海外の金融機関が進出し、外資は続々と上海に投資するようになり、さらに蘇州、無錫など周辺地域への外資の進出の呼び水にもなって、上海を要とした長江（揚子江）デルタ経済圏が形成されるようになった。朱鎔基は上海の姿を大きく変えた。

市長として外国報道機関に浦東開発計画を発表した記者会見で、朱鎔基は西側の女性記者の質問に対して、丁寧に答えた後、英語で質問した記者の名前を挙げながら、「私の答えで××さんに満足いただけたかどうか、わかりませんが」と付け加えた。すると、質問した記者の顔には満足そうな笑みが浮かんだ。

天安門事件後、西側の経済制裁により中国と西側諸国の要人の往来が止まる中で、朱鎔基が上海市長として米国を訪問したことがあった。その帰途に、航空機の乗り換えのため、朱鎔基は短時間、日本に立ち寄っている。この時に、日本の政治家と接触したのではないか、との憶測を呼んで、上海に駐在する日本の報道機関は、朱鎔基に確認する機会を与えてくれないか、と窓口の外事弁公室に頼んだ。外事弁公室からは、「朱鎔基が皆さんとお会いします」という返事だったので、記者らは指定された場所で朱鎔基を待った。そこは建物の外であった。やがて、上海でフォルクスワーゲンが合弁生産するアウディに乗って現れた朱鎔基は、にこやかな表情で、さっと手を差し出し、記者ら一人一人と握手を交わすと、建物に入っていった。結局、質問の機会は与えられなかったが、握手を交わした記者らには、朱鎔基の誠実な行動がさわやかな印象を残した。浦東開発計画の発表会見での女性記者も同じような感じを抱いたであろう。

天安門事件後のテレビ出演や、浦東開発計画を発表した記者会見、日本人記者との握手などに、朱鎔基の人心をつかむ力が表れていた。

91年から副首相に就いた朱鎔基は、93年から95年までの2年間、中央銀行である中国人民銀行の行長（総裁）を兼任した。97年に発生したアジア通貨・金融危機で、発生源のタイをはじめアジア各国の通貨が切り下げられる中で、中国は人民元の対ドルレートを切り下げないで維持した。朱鎔基は、このことが世界経済の安定に寄与した、と述べている。

朱鎔基は98年に首相に昇格し、２００３年まで務めた。中央政府に引き上げられた朱鎔基が力を入れて取り組んだのは、国有企業改革であった。国有企業はかつて「鉄飯碗（鉄の御飯茶碗）」と呼ばれた。どんなに効率が悪くて赤字を出していても、倒産することがないため、従業員にとっては、食いっぱぐれることがない職場であることを示した言葉である。朱鎔基は効率の悪い企業を淘汰するために、倒産に関連する法律を整備して、実際に赤字の国有企業を倒産させていった。

国有企業の効率が悪い原因には、「ゆりかごから墓場まで」従業員の面倒を見ていたことがあった。企業の敷地内には従業員の子供を預かる保育所があり、従業員の住宅は企業が提供していた。従業員は定年を迎えると企業が年金を支給してくれるので、老後の心配もなかったのである。朱鎔基は保育所のような企業活動に直接携わらない部門を企業から切り離し、従業員の住宅を企業が保証することをやめて、住宅は個人が購入することにした。年金も、企業が提供するものではなく、共通の年金に個人が加入するものに改めた。企業のコストを削減したのである。

朱鎔基の国有企業改革は、企業の競争力を高めることが狙いであったが、その過程では大量の失業者が出たため、雇用を確保したい地方政府の抵抗は強かった。失業者に対しては、職業訓練などを通じて競争力のある企業への再就職を促していったが、年齢の高い熟練工などの中には再就職が難しい労働者も多く、国有企業改革の痛みは大きかった。しかし、企業の競争力を高めなければいけないという、朱鎔基の信念は揺るがなかった。朱鎔基は「地雷を踏んでも進む」と、国有企業改革への抵抗の強さと、それに屈しない自らの決意を表現している。

朱鎔基の改革の仕上げは、01年に実現した、中国の世界貿易機関（WTO）への加盟であった。中国は輸出主導で成長を遂げていたが、中国企業の輸出には、相手国によって高い関税の壁があるところもあった。一方、中国国内では、外国企業からの輸入には高い関税がかけられて国内産業が保護されている面もあった。朱鎔基は、WTO加盟によって中国企業の輸出に有利な条件を得るとともに、国内産業をあえて本格的な国際競争にさらし、それによって国際的にも通用する競争力をつけさせようとした。

しかし、WTO加盟には、加盟各国との交渉を妥結させなければならず、まだ国内市場が十分に開放的でなかった中国と各国との交渉は難航した。交渉には期限が設けられていた。その期限ぎりぎりになって、最後の米国との交渉を朱鎔基自らがまとめあげ、中国は本格的な国際競争に乗り出すことになった。WTO加盟が決まると、中国の書店には、WTO加盟による国内市場の開放をいかに乗り切るか、といった内容のWTO関連の本があふれた。WTOが定めた関税引き下げの猶予期間を過ぎても、懸念された農業への影響は深刻なものにならず、WTO加盟によって全面的に開放されたサービス産業分野では、スーパーやコンビニなどで日本企業をはじめ外資の進出が相次ぎ、市場は活性化した。日本などの外資の自動車メーカーは、WTO加盟をきっかけにした中国の経済成長の加速で、国民の所得が増えて購買力が拡大すると見込んで、相次いで自動車の現地生産に乗り出した。

国有企業改革とWTO加盟によって中国企業の競争力は鍛えられ、中国企業の中には外国企業と対等に渡り合い、さらには外国企業を買収するところも出てきた。朱鎔基の痛みを伴った改革は中国の姿を変えた。

地方の役人にだまされた朱鎔基

改革に辣腕を振るった朱鎔基であるが、地方の役人にはだまされている。中国で発禁になった『中国農民調査』（陳桂棣、春桃著）は、1998年に首相に就任したばかりの朱鎔基が、安徽省で国による食糧買い上げ政策の実行状況を視察した時のことを詳しく書いている。食糧買い上げ政策は、国家が決めた価格で農民から食糧を買い上げることで、農民の収入を安定させる狙いがあった。ところが、朱鎔基が視察した際は豊作で食糧価格が国家の決めた買い上げ価格より下がっていたため、買い上げによって赤字が出てしまう。

このため、買い上げは実施されず、買い上げた食糧を保管する倉庫は空だった。しかし、朱鎔基に空の倉庫を見せるわけにはいかない。そこで、地元当局では、4日間かけて近隣を駆けずり回り、食糧をかき集めて倉庫をいっぱいにした。

そして、朱鎔基に説明する役割を、この倉庫の所長ではなく、別の倉庫の所長にさせることにして、事前に資料を暗記させた。倉庫に到着した朱鎔基は、農業にも詳しいので、倉庫の買い上げ量や、買い上げている農地の広さや生産量を尋ねていった。朱鎔基の質問に対して、臨時の所長の答えはつじつまが合わなくなった。しかし、臨時の所長は少しもあわてることなく、精一杯買い付けた結果、倉庫は満杯であることを説明して、朱鎔基を倉庫の中に案内した。そこには、かき集められた食糧が、うずたかく積まれていた。朱鎔基は思わず、食糧の山のてっぺんまで登って笑顔を見せた。こうして、朱鎔基は、まんまとだまされたのである。この模様は中央テレビで全国に放映された。

中国の地方政府は自分たちに都合が悪いことについては、平気で中央政府に嘘をつく。中央政府が決めた政策をきちんと実行しているように報告するが、実は嘘であることがよくある。だから、中央政府が理想的な政策を決めても、地方に行くと、まったく実行されていないことが多い。このような状況は今も変わっていない。

『中国農民調査』には、朱鎔基が2001年に再び安徽省を訪れ、義務教育の状況を視察した際の状況が書かれている。この時は、地元の役人らは朱鎔基をだまそうとせず、ありのままの状況を話している。小学校の教室に椅子がないのを見た朱鎔基は、校長にその訳を尋ねた。校長は経費節減で椅子は生徒が自宅から持ってくるが、今は学校が休みなので椅子がないことを説明した。朱鎔基は古ぼけた机が20年使われていることを聞くと、この学校がその地域でどの程度なのかを尋ねた。校長が「中程度でしょう」と答えると、朱鎔基は古ぼけた机をさすりながら、「何ということだ」とため息をもらした。その後、村の幹部や教師らを交えた座談会が開かれ、教師の給料に未払いがあることや、生徒から集めた費用の一部を教師の給料に充てていることなどが、赤裸々に語られた。朱鎔基は「事実を語ってくれてありがとう。状況が分かってきた。北京に戻ったら方法を考えよう」と述べて、帰途についた。

朱鎔基の辣腕によって中国がWTO加盟を果たし、本格的な国際競争に乗り出した、まさにその年の農村の状況は、このようなものであった。現在は、習近平が農村を視察に訪れるが、役人が習近平に真実の姿を見せているか、誰にも分からない。

「科学的発展観」を提起した胡錦濤

02年に江沢民が任期を終えると、鄧小平が生前に後継者に指名していた胡錦濤が総書記に就任した。ただ、江沢民は総書記と国家主席の座は胡錦濤に譲ったが、2年間は中央軍事委員会主席の座に居座り続けた。院政を敷いて自らの影響力を残そうとしたのである。

胡錦濤は胡耀邦と同じ共青団出身である。胡錦濤は03年に「科学的発展観」を提起した。「科学的発展観」では、「以人為本」と「和諧社会」をキーワードに挙げている。「以人為本」は「人を以て本と為す」と読み、人間が主体として尊重されるべきである、ということを示している。「和諧社会」は、調和のとれた社会という意味である。「科学的発展観」の主な内容としては、環境や資源を汚染したり無駄遣いしたりすることなく、人々の暮らしや地域間の発展がバランスのとれたものとなることを目指している。均衡を重視しているところは毛沢東が執筆した『十大関係を論ず』と似ている。

胡錦濤の「科学的発展観」は、江沢民の「三つの代表思想」と並んで、中国共産党の党規約に明記された。胡錦濤は毛沢東、鄧小平、江沢民に続いて中国共産党の歴史に名を残した。

胡錦濤が「科学的発展観」を提起した背景には、改革開放による高度経済成長の中で、環境汚染や資源の浪費、貧富の格差の拡大や沿海部と内陸部の発展の差などの問題が深刻になっていたことがある。しかし、「科学的発展観」が提起された後も、高度成長が続き、環境汚染は改善されず、資源の浪費も続いて、格差も縮小することはなかった。「科学的発展観」は理想的な発展のあり方を示しただけに終わった。

胡錦濤は在任中に、08年に起きたリーマン・ショックに直面した。輸出主導で成長してきた中国経済は、主要な輸出先である欧米市場の冷え込みを受けて輸出が落ち込み、天安門事件で西側の経済制裁を受けた時以来の厳しい状況に立たされた。この状況に対応して、首相であった温家宝は、2年間で4兆元という大型景気対策を実施した。輸出の落ち込みを、鉄道、道路、空港、港湾などのインフラを中心にした投資で補い、中国経済はV字形回復を果たした。温家宝は、「中国は世界に先駆けて景気回復した」と胸を張った。

この時、リーマン・ショックの影響を見て、胡錦濤は「米国も大したことはないな」と漏らしている。ふと語っただけの言葉のようだが、実は、この発言は重大な意味を持っていた。それまで、中国は鄧小平が示した「韜光養晦《とうこうようかい》」という外交政策を採ってきた。これは、日本語の「能ある鷹は爪を隠す」に当たる言葉で、実力があっても、それを表に出さないことを意味する。経済建設を優先する中国は、国力がついてきたとしても、あえて周辺諸国と摩擦を起こしたりせず、経済発展を保証する平和な国際環境を求めてきた。しかし、胡錦濤の発言は、この路線を放棄することにつながっていった。中国は国力に相応な外交を展開しようという姿勢に転じ、「海洋進出」を堂々と掲げるようになり、南シナ海での領土問題をめぐって係争を抱えるベトナムやフィリピンなどに対しても、「中国の主権の範囲内の問題だ」と主張して軍事施設の建設などを強行するようになった。

中国人の指導者に対する評価はとてもはっきりしている。チャットアプリの「微信」に出てくる胡錦濤への評価は、「無能」「何もできなかった」というものである。

胡錦濤は任期を終えると、12年の第18回党大会で、初めてカリスマの指名を経ないで総書記になった習近平にバトンタッチした。自分の前任の江沢民と違って、中央軍事委員会主席の座も含めて、全職務を一度に引き継いだ。その潔いやめ方が話題になり、「裸退」(何もなくなった状態でやめること)と表現された。

第5章 宿題に追われる習近平

労働力人口の減少で潜在成長率が低下

中国の経済成長率は、2010年をピークに緩やかな減速が続いている。これは、それまでの高度経済成長を支えてきた条件が変化したためである。

中国は1970年代末に改革開放に踏み切って以来、輸出主導で高い経済成長を実現してきた。これを可能にしたのは、豊富な労働力であった。改革開放政策のもとで、沿海部に外資系企業を誘致して輸出産業を育てた。そこには農村からの出稼ぎ労働者が次から次へと集まり、外資系企業は賃金を引き上げなくても、労働力を確保することができて、これが中国に進出する動機になった。中国の労働コストが低いことは、中国製品の輸出競争力を強くした。

しかし、経済学では、一国の工業化が進むと、やがて農村の余剰労働力が枯渇し、賃金が上昇する段階を迎える、としている。これが「ルイス転換点」である。中国もちょうど２０１０年ころに、「ルイス転換点」を迎えたと推定されている。実際、このころから、沿海部の輸出企業では、賃金を引き上げないと労働者が集まらないようになってきた。中国語で「民工荒」と呼ばれた現象である。「民工」は農村からの出稼ぎ労働者のことで、「荒」は不足することを意味する。賃金の上昇によって、中国製品の輸出競争力は低下し、より労働コストの低い東南アジア諸国の製品との競合が強まった。こうして、高度経済成長の時期のような輸出の高い伸びは望みにくい状況になった。

中国の労働力は、農村からの出稼ぎ労働者だけでなく、全体的に転機を迎えた。中国では16歳以上60歳未満までを労働力人口としているが、その数は12年から減少に転じて、年数百万人単位の減少が続いている。これは、改革開放と同時に採用した一人っ子政策の結果である。一組の夫婦が産める子供の数を一人に制限したこの政策のもとで、改革開放政策の初期には、中国は労働力人口が増える「人口ボーナス」期を迎え、労働力人口の増加が経済の巡航速度である潜在成長率を押し上げた。しかし、長く続いた一人っ子政策の結果、中国は労働力人口が減少に転じる「人口オーナス」期に入り、潜在成長率は下がっている。

労働力人口が減少し続けると、潜在成長率も低下し続けることになる。このため、総書記の習近平と首相の李克強は、長年続いた一人っ子政策を修正して、16年1月から、一組の夫婦が産める子供の数を二人までに増やす二人っ子政策に転じた。経済成長率の長期的な低下を防ぐ狙いである。しかし、二人っ子政策で子供の数が増え始めても、労働力人口の増加に反映するのは15年以上先のことになる。それまで、中期的には潜在成長率の低下は続く見通しである。

中国の景気減速が潜在成長率の低下を反映したものであることは、経済成長率と有効求人倍率の推移を見ると分かる。リーマン・ショックの影響で輸出が落ち込んだ08年後半から09年の初めにかけて、中国の経済成長率は、天安門事件後の西側の経済制裁によって落ち込んだ1989年から90年にかけて以来の低下を示した。この時、有効求人倍率も1を大きく下回って、0・8台にまで低下した。求職者が求人数を大きく上回ったことを示している。経済成長率が潜在成長率を下回るまで落ち込んだことの表れである。沿海部の輸出企業に倒産するところが相次ぎ、大量の出稼ぎ労働者が職を失って農村に戻る事態になり、指導部をあわてさせた。これが、当時の総書記だった胡錦濤と首相の温家宝が２年で４兆元の大型景気対策を発動した背景である。

景気対策の効果でＶ字形回復を果たした中国経済は、労働力人口の減少による潜在成長率の低下を反映して、２０１０年以降、緩やかな減速傾向をたどる。この過程で経済成長率が潜在成長率を下回っていないことは、有効求人倍率が１以上を維持していることに表れている。求人数が求職者を上回る状態が続いているため、景気の減速が続いても大規模な失業は起きず、習近平と李克強はリーマン・ショックの時の胡錦濤と温家宝のように、あわてる必要はない。

四半期GDP伸び率と有効求人倍率

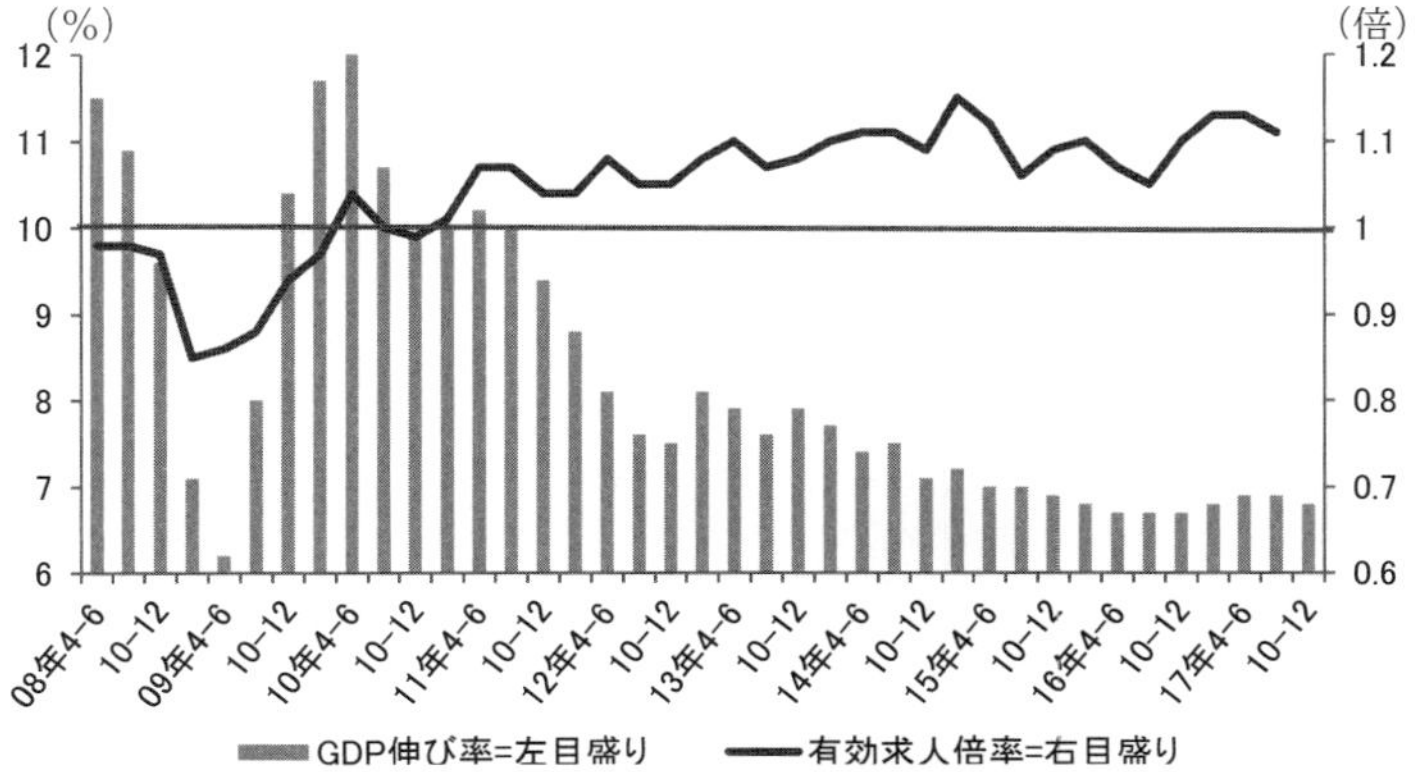

出所）国家統計局、人力資源・社会保障省

習近平は以前のような2桁成長が続くことはない、ということを「新常態」と表現している。この言葉には、中央と地方の官僚に対して、かつての高成長に比べると成長率は低下するが、それが当たり前の状態であって、無理をして高い成長率を目指す必要はないのだ、ということを周知させる狙いがある。

大型景気対策の副作用を避ける

李克強は景気減速が続く中で、一貫して「強い刺激策は採らない」と強調している。これは、実際の成長率が潜在成長率を上回っていて、雇用の面では成長率を無理して引き上げる必要がない、との認識と、リーマン・ショックに対して胡錦濤と温家宝が採った大型景気対策の副作用が大きかったため、同じことを繰り返さない、との考えを示したものである。

4兆元の景気対策によって、成長率は顕著に回復したが、4兆元のうちの大部分を地方政府が分担したため、その資金の調達に問題が残った。地方政府は、銀行から直接借り入れることはできないようになっている。そこで、地方政府は傘下の「地方融資平台」という会社組織を通じて資金を調達した。「平台」とは、プラットフォームの意味である。地方政府は調達した資金で高速道路などのインフラを整備したが、こうしたプロジェクトの中には採算の悪いものも多く、資金の返済に行き詰まる「地方融資平台」が相次いだ。返済資金を調達するために、「理財商品」という金融商品が活用された。「理財」は財テクの意味である。「理財商品」は高利回りをうたって、個人投資家などに販売された。こうした資金調達は銀行監督当局の監督を受けないため、「影の銀行（シャドーバンキング）」と呼ばれた。こうして、地方のインフラ整備のうち、採算が悪くて返済のめどが立たなくなるリスクが、個人投資家にも分散されることになった。リーマン・ショックの原因となった、米国のサブプライムローンと似通った図式である。

「影の銀行」のリスクは、現在でも解消していない。景気減速に対して、再び大型の刺激策を採れば、地方の資金調達を通じて金融リスクが一段と膨らむ恐れがある。これが、習近平と李克強が「強い刺激策は採らない」一つの理由である。

地方が市場原理を歪めたツケが過剰生産能力に

習近平と李克強は、大型景気対策は採らない代わりに、「供給側の構造改革」を打ち出している。これは、景気刺激策によって総需要を膨らませるのではなく、消費者の需要によりよく応える商品を提供していくように、供給者の構造を改革していく、というものである。しかし、その主眼は、過剰な供給能力を抱える産業の設備を廃棄していくことに置かれている。習近平と李克強がまず取り組んでいるのは、鉄鋼産業と石炭産業である。このうち、鉄鋼産業は、中国の過剰生産能力の問題を象徴的に表している。

中国は世界の粗鋼生産量の半分を占める鉄鋼大国である。粗鋼生産量は年8億トンと日本の8倍に上る。その上、生産能力は12億トンを抱えており、過剰生産能力は4億トンと、日本の粗鋼生産量の4倍にもなる。国内で売りさばけない鉄鋼は安値で海外に輸出され、16年の鋼材輸出量は日本の粗鋼生産量と同じ規模だった。安値で大量に出回る中国製の鋼材は、日本をはじめ各国の鉄鋼メーカーの収益に響く。日米欧などの各国は中国の鉄鋼産業の過剰生産能力を問題視して、オバマ政権の時の16年6月に開いた米中戦略経済対話で米国側が懸念を表明している。

鉄鋼産業の生産能力が過剰であることは、リーマン・ショックよりも前から指摘されていた。鉄鋼産業では余剰生産能力を抱えて設備稼働率が低いという問題に加え、環境対策がなされていない製鉄所や、老朽化した設備が多く、環境保護の面からも、古くて効率の悪い設備の廃棄が迫られていた。このため、経済政策の元締めである国家発展改革委員会（発改委）は、老朽化して効率の悪い設備を廃棄するように求める通達を何度も出していた。しかし、通達は実行されず、無視され続けた。地元の雇用と税収の確保を優先する地方政府が、通達の趣旨には賛同を示しても、地元の製鉄所では設備が古くても、環境対策が整っていなくても、そのまま稼働させ続けたからである。

08年に起きたリーマン・ショックは、鉄鋼産業の過剰生産能力を一段と深刻にさせた。輸出の落ち込みによって景気回復が優先され、構造改革は脇に追いやられた。胡錦濤と温家宝が打ち出した4兆元の景気対策によって、インフラ整備や住宅建設などに向けた鉄鋼需要が膨らみ、鉄鋼産業は過剰生産能力を削減するどころか、盛んに増産投資を実施した。習近平と李克強は、このツケに対処しなければならないのである。

鉄鋼産業と石炭産業の過剰生産能力への対処の仕方には、中国経済が構造的に抱える問題が浮き彫りになっている。習近平と李克強は、過去に実行されなかった過剰生産能力の削減を実現するために、行政的な方法を動員した。削減目標を地方に割り当て、目標達成に向けた歩みが遅い地方は、発改委が呼び出して圧力をかけている。この方法が効果を上げて、石炭産業では炭鉱の閉鎖が相次ぎ、石炭の生産量が減少した。

中国では、改革開放政策の中で、モノの価格の市場化が進み、現在では石油製品など少数のモノを除いて、大部分のモノは市場の需給で価格が決まるようになっている。減産によって石炭価格は高騰した。すると、消費者への影響を懸念した発改委は、一転して石炭産業の操業日数制限を緩め、石炭生産が回復するように働きかけた。過剰生産能力の削減に向けては、市場原理ではなく行政的な手段に頼ったが、その結果、市場原理で価格が上昇すると政策を調整せざるを得なくなった。

この問題の背景には、中国で市場原理が歪められてしまっていることがある。鉄鋼産業も石炭産業も、過剰生産能力を抱えて製品が需要を上回って供給されれば、価格が低下することを通じて、採算のとれない企業は淘汰されるはずである。市場原理が貫徹されていれば、企業の淘汰を通じて、過剰生産能力は解消されることになる。ところが、中国では採算が悪化した企業でも、倒産すると地元の雇用や税収に影響が出るため、地元の利益を優先する地方政府が補助金を出して存続させる。これが、過剰生産能力の問題が解決しなかった原因である。習近平と李克強の「供給側の構造改革」のもとで、発改委は地方政府への圧力を通じて問題の解決を目指したが、需給を人工的に変化させたことで、市場原理によって製品の価格が上昇すると、政策を調整せざるを得なかった。

上場企業の地方への割り当てが生んだ「ゾンビ企業」

地方政府が市場原理を歪めていることの表れは、過剰生産能力の問題だけではない。習近平と李克強は「供給側の構造改革」の中で、「ゾンビ企業」の淘汰も掲げている。「ゾンビ企業」とは、赤字を垂れ流しながら、地方政府の補助金や銀行融資によって生きながらえている企業を指す。

「ゾンビ企業」の淵源は、中国の株式市場の誕生にまでさかのぼる。改革開放が始まって間もない1980年代に、農村では郷鎮企業が盛んに設立された。郷鎮企業は、農民が資金を出し合って簡単な設備を購入し、比較的生産しやすいものをつくる企業で、農村での家族請負経営の普及によって生まれた余剰労働力を活用して、農民の収入を増やすことができた。この郷鎮企業の間で、従業員の労働意欲を高めるために、株式を発行するところが出てきた。発行した株式を従業員が引き受け、郷鎮企業の業績が良ければ配当がもらえたので、従業員の積極性を引き出すことができた。従業員持ち株会のような仕組みである。

やがて、郷鎮企業だけでなく、集団所有制の企業の間でも株式を発行するところが出てくると、従業員だけでなく、広く一般の人たちからも出資してもらうための場所として、また、発行された株式を取引する場所として、証券取引所を設立する気運が出てきた。当時の総書記であった江沢民が、証券取引所を設立してもいいかどうかについて鄧小平に伺いを立てると、鄧小平が「試してみて、だめならやめたらいい」と答えたので、90年に社会主義中国の証券取引所が上海と深圳に誕生した。

証券取引所の開設を受けて、株式を上場する企業をどう選ぶか、を決める段階になって、上場企業を選別できるような審査能力を持つ証券会社が育っていない中で、地方政府に上場企業の枠を割り当てることにした。この制度を地方政府が使っていく中で問題が生じた。地方政府は、割り当てられた枠の中で、業績や財務体質が優れた企業を上場させるのではなく、赤字で存続が危ぶまれる企業の救済のために、この制度を使った。地元の雇用と税収を確保するために、上場を通じて株式発行によって調達した資金で、こうした企業を存続させた。

やがて、証券会社も育ってきて、改革開放の中で国有企業のほかに、成長性のある私営企業なども現れるようになると、上場企業の選別は、証券会社が業績や財務体質を調べて推薦する方式に変わっていった。さらに、証券取引所の規模が拡大していくと、株式発行数が大きくて、業績や財務体質も優れた企業を、目玉となる銘柄として上場させたい、という気運が出てきた。いわゆる「ブルーチップ（優良銘柄）」である。

一方で、90年代に進んだ国有企業改革によって倒産する企業が相次ぎ、こうした企業に融資していた中国工商銀行、中国銀行、中国建設銀行、中国農業銀行の四大国有商業銀行は巨額の不良債権を抱えて財務体質が悪化した。そこで、中国当局は、財政資金の投入と、不良債権の特別会社への分離などを通じて国有商業銀行の不良債権を処理し、さらに邦銀を含む海外の金融機関に国有商業銀行への出資を求めた上で、香港と上海の株式市場に上場させたのである。一連の措置によって、国有商業銀行の財務が改善し、海外の金融機関が株主に加わったことで、国有商業銀行のガバナンス（企業統治）が向上することが期待できるようになり、海外の投資家にも開かれた香港市場に上場することで、国際的に投資家の信認を得ていることになり、さらに、上海市場にとっては、「ブルーチップ」が誕生することにもなった。

国有商業銀行を皮切りに、その後、石油、航空、通信などの大型株が相次いで上場して、中国の株式企業は上場銘柄の体裁を整えた。しかし、その一方で、地方政府に上場枠が割り当てられていたころに上場した地方の赤字企業は、その後も地方政府の補助金によって生きながらえながら、淘汰されることはなかった。国有商業銀行も、地方支店の人事などを通じて地方政府との関係が濃密であったことから、こうした企業への融資を引き揚げることはなく、融資を続けることによって延命させたのである。これが、「ゾンビ企業」となってきた。過剰生産能力の問題も「ゾンビ企業」の問題も、ともに地方政府が地元の利益を優先して市場原理を歪めてきたところに原因がある。中国には「歴史遺留問題」という言葉がある。過去の歴史に原因があり、現在も解決されていない問題のことであり、過剰生産能力の問題も、「ゾンビ企業」の問題もこれに当たる。「供給側の構造改革」や、「ゾンビ企業」という言葉は、表現こそ新しく聞こえるが、ともに高度経済成長の中で先送りされ続けてきた問題の解決を今迫られているのである。

中国語には「死灰復燃」という言葉がある。火が消えかかった灰が再び燃える、という意味で、一度は勢いを失った事柄が再び勢いづいたり、活動を停止したものが再び動き出すことを譬《たと》えている。中国共産党と政府が２０１６年12月に開いた、年に１回の中央経済工作会議では、過剰生産能力の問題に触れた個所で、この言葉を使って、「既に解消された過剰生産能力が復活するのを防がなければならない」と指摘した。これは、過剰生産能力に当たるとされた製鉄所や炭鉱が表向き閉鎖されても、それは、地方政府が中央政府に対して過剰生産能力を解消したことを装うために、いわば「死んだふり」をしているだけであって、時間が経てば再び稼働させようとしている、ということを示している。過剰生産能力も「ゾンビ企業」も市場原理によって淘汰されるのではなく、行政的な圧力によって解消しようとしているところに限界がある。長年来の宿題に追われる習近平と李克強は、地方政府との間で「いたちごっこ」を繰り返さざるを得ない。

スマホとインターネットが変える中国経済

現在の中国経済の特徴を挙げるとしたら、「変化の巨大さ」と「格差の巨大さ」、そして「ひずみの巨大さ」の三つの「巨大さ」であろう。

「変化の巨大さ」は、インターネットとスマホの急速な普及を受けて台頭しているニュービジネスに表れている。中国ではネット通販が消費全体の伸びを大きく上回る勢いで増えている。ネット通販の販売額は消費全体の1割を占める。広大な中国では、住まいの近くに店舗が少ない地域も多い。こうした、買い物に不便な場所に住む消費者のもとにも、ネット通販を利用すれば品物が届く。ネット通販の普及には、物流網が全国的に整備されたことが支えになっている。ネット通販を利用すれば、実際の店舗よりも多くの商品を見比べて、好みの商品を注文できるし、買い物の決済も現金でなく、ネット上でできる。こうした便利さが受けて、ネット通販は急拡大してきた。

ネット通販サイトの「淘宝網《タオバオ》」を運営するアリババは、英語の教師をしていた馬雲らが、1999年に杭州で設立した。毎年11月11日の「独身の日」には、「淘宝網」で実施される割引セールで目当ての品を安く手に入れようと、若い人を中心に日付が変わった瞬間から注文が殺到する。アリババは株式をニューヨーク証券取引所に上場している。

中国では今、若い人たちが会食すると、食事が終えたところで皆がスマホを取り出す。食事代はスマホで瞬時に決済される。現金を持ち歩かなくて済むので大変に便利である。スマホ決済に利用されるアプリの「支付宝《アリペイ》」も、アリババが運営している。スマホ決済は都市の飲食店ばかりでなく、農村の小さな店舗にまで普及している。

若い人たちの消費行動は、スマホ決済だけでなく、さらに変化している。中国は、スマホで借金できる時代に突入している。ATM（現金自動預け払い機）の前でスマホを操作すると、わずかな時間で希望した金額の現金が支払われる。「小額貸款」と呼ばれる、日本でいうなら消費者ローンである。

「小額貸款」を扱う会社は中国全土に8000余りある。中国版の消費者ローンが、スマホでわずかな時間に現金を貸すことができるのは、ビッグデータを活用しているからである。借り手の返済履歴などのデータから、ごく短時間で融資できるかどうかを判断する。また、ビッグデータの活用によって、貸し倒れリスクも抑えている。「小額貸款」はフィンテック（ファイナンス・テクノロジーの略。スマホやビッグデータなど最新の技術を活用した金融サービス）で先端を行っている。

若い女性たちは、「小額貸款」を利用して借りたお金で、欲しい化粧品などを購入して、給料が入ったら返済する。こうした行動は、親の世代では考えられなかった。親の世代が過ごしてきたのは、借金をしてまで欲しいというものが、市場にあふれている時代ではなかった。ずっとモノ不足の時代だったのである。個人を相手にお金を貸す仕組みもなかったし、自分の収入の範囲内で買い物をして、できるだけ貯蓄するのが当たり前だった。現在は、市場にモノがあふれ、女性であれば、ブランドもののバッグなど、魅力的な外国製品もお金さえあれば手に入る。

中国の消費者の中に、借金をしてでも消費する、という行動が出てきたことは、将来の経済構造を変える可能性も秘めている。これまでの中国では、老後の生活への不安もあって、個人がなるべく貯蓄しようという傾向が強く、貯蓄率が高かった。高い貯蓄率は、投資に回る原資の保証になる。これが、高度経済成長を続ける支えの一つであった。しかし、借金をしてでも消費する行動が広がっていくと、貯蓄率は低下する可能性がある。そうなると、投資に回る原資が確保しにくい、という状況も考えられ、経済成長の制約要因になるかもしれない。

中国の高い貯蓄率は、中国国内の経済成長の支えになってきたばかりでなく、米国の消費も支えてきた。米国の消費者は、これまでの中国と対照的に、借金をしてでも消費する行動が根付いていた。米国は、貯蓄よりも消費が大きい分を、世界の基軸通貨であるドルをたくさん刷ることによって埋めてきた。その穴埋めのために、国の借金として発行された米国債を、中国は高い貯蓄率を背景に、せっせと買ってきた。一時は世界一の米国債保有国であった。米国人が借金して消費し、中国人が貯蓄してそれを埋めるといわれてきた構図である。しかし、中国人の消費行動が貯蓄より消費を優先するように変わり、米国のように盛んに借金をして貯蓄率が下がるようになれば、こうした構図は変化するかもしれない。

中国では、個人が「小額貸款」でお金を借りるだけでなく、個人と個人の間の貸し借りを仲介する「P2P（ピアツーピア）」と呼ばれる金融サービスも登場している。消費からお金をめぐる行動まで、消費者の考え方が大きく変わり、IT（情報技術）やビッグデータを活用してそれに応えるサービスが次々に生まれている。

スマホを活用したサービスでは、タクシーの配車アプリを運営する滴滴出行《ディディチューシン》が、全国360都市で事業を展開している。滴滴出行はアリババに在籍したことがある程維という人が2012年に29歳の若さで創業した。米国の配車アプリを運営するウーバーとも提携している。中国では自家用車の普及で都市の交通が日常的に渋滞しており、タクシーを呼ぶのに時間がかかる。配車アプリを使えば近くを走るタクシーに来てもらうことができて、乗客にとっては待ち時間が短くなり、タクシーの運転手にとっては、効率よく客を乗せることができる。ただ、滴滴出行のサービスが広まったことで、スマホの利用に慣れていない高齢者が流しのタクシーをつかまえることができなくなった、という声も聞かれる。

習近平と李克強は「大衆創業、万衆創新」というスローガンを掲げている。誰もが起業でき、誰もがイノベーション（技術革新）を起こすことができる、という意味である。中国で次々に誕生しているニュービジネスは、李克強が13年の首相就任以来、進めてきた政府の許認可権限の縮小によって、起業しやすくなっていることが背景にあるかもしれない。しかし、今盛んに起きているニュービジネスは、民間の個人がスマホやインターネットの普及をとらえて、消費者のニーズをうまくくみ取っていることが大きな要因である。しかも、政府の規制のない分野で起業が盛んなことも特徴である。習近平と李克強のスローガンは、政府の政策というよりも、民間の知恵にビジネスの源泉があることを追認している面が強い。

機会の不平等が招く格差の固定化

「格差の巨大さ」では、中国は世界でも有数の格差が大きい国になってしまった。大都市では、豪華なマンションに住んでフェラーリなどの外車を乗り回す富裕層がいる一方で、農村では、最近になってやっと電気が通じたところもある。富裕層の中には、日本や欧州などに何度も旅行に出かけて、土産物を山のように買い込んでくる人もいれば、内陸の農村では、村から外へ出ることもなく一生を終える人もいる。

中国の格差で目立つのは、機会の不平等がもたらす格差である。共産党の一党独裁のもとで、権限と人脈を持つ者は、本来の収入以外の副収入を得る機会を得やすい。大学教授らは、企業の外部監査役に就く機会が多く、複数の企業の監査役を務める例も珍しくない。大学教授らの子弟は、親の高い収入によって良い学校を出ることができて、海外留学の機会にも恵まれることが多い。高学歴が収入の良い企業への就職に有利になり、親から子へと高収入が受け継がれる。こうした子弟は「富二代」と呼ばれる。親に継いで富裕層になっている、という意味である。これに対して、そうした機会を持たず、収入が低い境遇が親から子に受け継がれていることを、「貧二代」と呼ぶ。こうした言葉が使われることは、中国で格差を生む機会の不平等が固定化していることを示している。

中国では、格差を是正する手段である所得の再分配機能が働いていない。サラリーマンが会社からもらう給料以外の個人の所得に対しても、個人所得税という税を納める制度はある。しかし、給料以外の所得に対して、源泉徴収する仕組みはできていない。例えば、中国で日本語も使われる大規模なイベントが開かれると、中国に住んで日本語の通訳をしている通訳者と、日本に住んで日本語と中国語の通訳をしている通訳者が分担して通訳に当たることがある。日本に居住する通訳者の中には、中国人もいる。日本に住んでいれば、フリーランスの通訳であっても、通訳に対する報酬は、その都度、所得税が源泉徴収されている。しかし、同じ仕事をしても、中国に居住する通訳者は所得税が源泉徴収されておらず、仕事の後で、自分が税金を申告することもない。同じ中国人で、同じ仕事をしても、日本に住んでいれば税金を払うのに、中国に住んでいると払わないのである。

日本では、住宅を購入すると、地価に応じて固定資産税を払わなければならない。中国でも、不動産に対して課税しようという議論があって、一部の都市では試験的に不動産税が導入されている。しかし、全国には広まっていない。「富二代」や「貧二代」が固定化しないようにと、富裕層の財産が相続されるときに相続税をかけようという議論もある。こちらは、具体的な立法にまでは進んでいない。

不動産税の全国的な導入や相続税の創設には、富裕層の抵抗が強いのである。そして、こうした所得再分配の機能を整えることが難しいのは、共産党が巨大な既得権益集団になってしまったからである。共産党員の中にも、コネと人脈で富を蓄えた者もいるし、あらゆる分野で許認可権限を握る共産党は、富裕層と強い利害関係を持ってしまっている。

地域間の格差も大きい。江沢民が総書記であった時に、「西部大開発戦略」が打ち出され、西部地域にインフラ投資が傾斜的に実施された結果、中西部の経済成長率は引き上げられた。それでも、改革開放の当初から外資が集中的に誘致された東部沿海地域に比べると、中西部の平均所得は低い。

鄧小平は、「条件を持っている地域が先に豊かになる」という「先富論」を示した。しかし、これは、「先に豊かになった地域が、ほかの地域を助けて、共に豊かになる」という「共同富裕論」とセットになっている。中国の現実は、鄧小平の「先富論」は実現したが、「共同富裕論」は先送りになったままである。

中国の改革の進め方は、「摸着石頭過河」と呼ばれる。河を渡る際、石を探りながら、その石の上を渡るという意味で、「石橋を叩いて渡る」に通じ、やりやすいところから進めていくということを示している。しかし、このような漸進的な方法で改革が進むと、最後には実施が難しい問題が残る。李克強は、「改革は深水区に入った」と述べている。「深水区」とは、河の水が深く、石を探ろうとしても手が届かないということから、実施が難しい、抵抗が強いということを示している。この段階の改革は「攻堅戦」だという。これは、戦争の際、相手の守りが堅い陣地を攻めることから、簡単にはいかない段階である、という認識を述べたものである。しかし、富裕層の抵抗を前に、所得再分配機能を整えることができなければ、中国の格差の現実は、ますます社会主義の理想とする平等な社会から遠ざかってしまう。

マネーに振り回される中国経済

「ひずみの巨大さ」を示すのは、中国経済がマネーに振り回されるようになったことである。中国では、15年夏に株式相場が急騰した後に急落した。急騰場面でも、なぜ株価がこれほど上がるのか、説明のつかないような高騰であったが、株式相場が天井を付けたと思われるや、投資家の売りが新たな売りを呼び、どこまで下落するのか分からない展開が続いた。

中国の株式市場は、個人投資家が売買の大半を占め、機関投資家や外国人投資家などの売買も盛んでこなれた株価形成がされやすい日米欧の株式市場と違って、株価動向は一方通行になりやすい。株式相場の急落局面では、証券監督当局が信用取引を利用した売り注文を規制するなど、株価の安定に腐心した。

ようやく、株式相場が落ち着いたところで、今度は局地的な不動産バブルが発生した。

従来、中国の不動産価格は緩やかに上昇したり、緩やかに下落するという循環を繰り返した。上昇局面では不動産への投機を抑制するために、中央銀行である中国人民銀行が2棟目以降の購入を制限したり、住宅ローンの頭金の比率を引き上げるなどの措置を採った。逆に下落局面では、こうした規制を緩めてきた。このような措置によって、不動産価格の動きは全国的に同じように緩やかな変動を繰り返してきた。しかし、現在起きている不動産バブルは、特定の地方都市の不動産価格が他の都市に比べて大幅に上昇しているのが特徴である。安徽省の省都である合肥の不動産価格は、3～4割も高騰している。

これは、投機資金が地方都市の不動産市場に集中的に流入していることを示している。中国は海外との資金の流出入を規制しているが、投機資金は規制の網の目をくぐるようにして流入したり、流出したりしている。人民銀行行長（総裁）の周小川《しゅうしょうせん》は、「投機資金はどこからともなくやってきて、どこへともなく去っていく」と語っている。中国経済の減速傾向がまだ鮮明ではないころは、海外から投機資金が流入した。中国国内の金利も比較的高く、人民元の対ドル相場には先高期待があった。海外の投機資金はドルを人民元に換えて預金するだけで、比較的高い金利を得られる上に、人民元の対ドル相場が上昇すれば資産が膨らむメリットがあった。こうした投機資金の一部は、不動産市場にも流れ込んでいたとみられる。

しかし、中国の景気減速が鮮明になると、人民銀行は景気てこ入れのために利下げを繰り返し、中国の預金金利は低下した。米国が15年末に9年半ぶりの利上げに踏み切って以降、中国で資金運用するメリットが薄れ、さらに人民元の対ドル相場の先高期待が、中国の景気減速によって先安観に変わったことで投機資金の運用環境は逆転した。こうして投機資金は流出に転じて、その動きが人民元の対ドル相場の下落を招き、人民元の下落がさらなる資本流出を加速することを懸念した人民銀行は、ドルを売って人民元を買う市場介入を繰り返した。その結果、14年6月には4兆ドルに迫っていた中国の外貨準備高は、16年末にはおよそ3兆ドルと、1兆ドルも減少した。

このように、海外から流入した投機資金は大規模に流出したのにもかかわらず、地方都市の不動産市場では、依然として投機の動きが盛んなのである。

株式相場が急落した時も、個人投資家の資産は大きな影響を受けた。しかし、不動産バブルは、それ以上に一般市民の生活に深刻な影響をもたらす。中国では1990年代に国有企業改革が本格化するまでは、住宅は職場が従業員に保証するものであった。国有企業改革によって住宅は個人が購入するものに改められ、現在は、若い人が結婚する際、新居は男性が購入することが前提になっている。一人っ子政策のもとで生まれた子供が結婚する際には、親が住宅購入資金を支援することが多い。しかし、局地的なバブルによって不動産価格が親の支援を得ても購入できないような水準にまで高騰して、そのために結婚できない男性が増えている。

このような事態を重視した共産党と政府は、２０１6年12月の中央経済工作会議で、不動産についての項目を立てて、「不動産は住むためのものであって、投機するためのものではない」として、不動産バブルの抑制に乗り出す姿勢を示した。

ただ、不動産バブルへの対策には難しい面もある。抑制策が効きすぎて不動産価格が下落を続ければ、不動産向けの融資を抱える国有商業銀行の不良債権が膨らむ懸念もある。また、不動産の建設には、鉄鋼やセメント、ガラスなど幅広い産業の資材が使われることから、不動産投資が冷え込むと生産活動の停滞を招く恐れもある。

中国国内の投機資金は、不動産ばかりでなく、ニンニクなどの食品にも向けられる。衣食住の「住」と並んで、庶民の生活に影響する「食」にも投機の波は及ぶ。

人民銀行は景気てこ入れのために、利下げと同時に、銀行から強制的に預けさせる預金の比率である預金準備率を繰り返し引き下げてきた。しかし、金融緩和であふれた資金は生産活動に回らず、投機に回っている。公共投資と企業の設備投資を合わせた固定資産投資のうち、6割を占める民間固定資産投資の伸びは、全体の伸びを下回っている。国有部門の投資は、政府の意向で増やすことができるが、民間部門は、民間経営者の景気判断によって投資の伸びが左右される。金融緩和で供給された資金は、民間投資の拡大にはつながっていない。

マネーが実体経済に回らず、投機に流れる状況を、中国では「脱実入虚」と呼んでいる。この背景には、あふれる資金を実体経済の需要にうまく結びつける仕組みが整備されていないことが挙げられる。中国にも中小企業はたくさん存在するが、日本のように、担保は取りにくくても技術力や将来性のある中小企業を審査して融資する、中小企業向け金融機関や、ベンチャーキャピタルが育っていない。一方で、国有商業銀行は、こうした中小企業向けの融資を審査する能力に欠けており、融資が国有企業向けに偏りがちである。

企業の需要とあふれる資金をうまく仲介する仕組みを整えていかないと、中国経済はマネーに振り回される状況が続いていくことになりかねない。

第6章 トランプに振り回される習近平

就任前に台湾総統と電話会談したトランプ

2016年11月の米国大統領選挙で当選したトランプは、翌月、まだ大統領に正式就任する前に、台湾の総統である蔡英文と電話で会談した。これは、中国を強く刺激する出来事であった。台湾は、中国共産党が国民党との内戦に勝って1949年に中華人民共和国の樹立を宣言した時に、敗れた国民党の蔣介石が逃れて、共産党が唯一統一できなかったところである。以来、共産党にとっては、台湾を統一することが悲願となり、国民党が主張する「中華民国」を決して国とは認めず、あくまで中国大陸との統一を目指していることとを「一つの中国」と表現して、譲れない原則にしてきた。79年に中国との国交を回復した米国大統領のカーターは、「一つの中国」の原則を尊重して、台湾との国交を断絶し、それ以来、米国大統領や、大統領に当選した者は、台湾のトップと直接話すことはなかった。米国は、台湾問題が中国にとって「敏感な」問題であることに、理解を示してきた。

中国は96年に、台湾海峡に向けてミサイルを撃ち込んだことがある。これは、台湾が単なる島ではなく、独立した国家である、と主張して「一つの中国」を否定する李登輝が、台湾で初めての総統直接選挙において、初の民選総統に当選したことを受け、台湾の独立の動きを威嚇したものであった。この時、米国は2隻の空母を台湾海峡に派遣して中国をけん制し、台湾海峡の緊張は一気に高まった。

トランプが前例を破って、就任前に蔡英文と電話会談したことで、台湾海峡の緊張が再び高まってもおかしくなかったが、中国側の反応は抑制されたものであった。外相の王毅は「台湾が小細工をした」と吐き捨てるように述べたが、トランプを非難することは避けた。政治経験のないトランプが、どういう外交政策を採るか、中国にとってもまったく未知数であり、蔡英文との電話会談は中国にとって強烈な刺激であったにもかかわらず、総書記である習近平は、慎重にトランプ外交を見極めたいと考えたのであろう。経営者であったトランプは外交においても、理念より「ディール（取引）」を重視する姿勢が就任後に鮮明になったが、習近平は蔡英文との電話会談も、トランプ流の取引かもしれない、と考えて激しい反応は控えたのであろう。

「日中は通貨安誘導」というトランプの事実誤認

「米国第一」を掲げるトランプは、日本と中国がともに自国通貨の為替相場を安く誘導して、米国への輸出を拡大して、米国の利益を損なっている、と主張する。しかし、日本と中国を一緒にして、通貨安を誘導している、と決めつけるのは、あまりに乱暴な議論である。日本の為替市場は、市場の需要と供給によって相場が決まる、完全に自由な市場である。円とドルの相場も、その時の市場参加者の相場観によって動く。財務省が為替相場に介入した場合でも、介入の情報は公開される。これに対して、中国の人民元相場は、中央銀行である中国人民銀行が毎日提示する基準値に基づいて、基準値から上下2パーセントの範囲内での変動が認められている「管理変動相場」である。基準値は通貨バスケットを参考に決めるとされ、バスケットにはドルのほか、円、ユーロも入っているとみられるが、詳細は公表されていない。さらに、人民銀行が為替相場に介入した場合も、公表されない。

しかも、現在の中国は人民元安に誘導しようとしているどころか、逆に人民元安を食い止めようと躍起になっている。中国の景気減速が鮮明になったことと、景気てこ入れのために中央銀行である中国人民銀行が利下げを繰り返したこと、そして米国が利上げを実施したことで、これまで人民元の先高期待と、中国国内の金利が比較的高かったことを背景に中国に流入していた投機資金が海外への流出に転じた。資本流出が人民元の先安観を招き、人民元の先安観がさらなる資本流出につながるという状況に直面して、人民銀行は大規模なドル売り・人民元買い介入を繰り返している。その結果、2014年6月に4兆ドル近くに達していた中国の外貨準備は、16年末にはおよそ1億ドル減少した。

トランプの日米通貨安誘導発言は、二重、三重の事実誤認に基づいている。しかし、正確な事実を踏まえないまま、声高に主張ばかりを言い放つトランプの一言に、世界が振り回される、という困った事態になっている。

米国の対中貿易赤字は米企業の生産移転が主因

トランプは巨額の対米貿易黒字を計上する中国の対米輸出が、米国内の雇用を奪っている、と非難する。しかし、米中貿易の不均衡は、それほど単純な問題ではない。米国の対中貿易赤字は、貿易赤字全体の5割近くを占める。中国の米国からの輸入は、米国への輸出の3分の1にとどまっている。中国の米国との貿易の主要品目を見てみると、米国への輸出も、米国からの輸入も、最大の品目は機械・電気機器である。中国が労働輸出型産業に強みを持つことを反映して、米国への輸出は家具などの雑品や繊維製品も比率が高い。一方、米国が強みを持つ航空機などの輸送用機器は、米国からの輸入で機械・電気機器に次ぐ比率を占めている。

米中貿易の大幅な不均衡の原因は、機械・電気機器の輸出入額が大幅に違うことにある。この品目で、中国の米国からの輸入は、米国への輸出の2割にとどまっている。これが、米中貿易全体の不均衡をもたらしている。なぜ、機械・電気機器の貿易が著しく不均衡なのか。典型的な例はパソコンである。米国のデルは福建省でパソコンを生産し、日本や米国に輸出している。しかし、パソコンの基幹部品であるHDD（ハードディスクドライブ）やCPU（中央演算処理装置）などは、米国から輸入しているのではなく、東南アジア諸国から輸入している。これは、米国メーカーが、こうした部品の生産を東南アジア諸国に移管したためである。パソコンに典型的に表れているように、機械・電気機器の分野では、東南アジア諸国で生産された部品が中国で組み立てられ、製品が日本や米国に輸出されるという、三角貿易の構造ができあがっている。これは、米国の多国籍企業が積極的に労働コストの低い国に生産を移管してきた結果である。

このような構造が定着している以上、トランプがいかに「中国は米国の雇用を奪って、けしからん」と叫んでも、それだけで米中の貿易不均衡が解決するわけではない。中国が米国の雇用を奪ったのではなく、米国の多国籍企業が国外に雇用を移しただけなのである。ただ、習近平がトランプをなだめるために、打てる手がないわけではない。それは、中国がボーイングの航空機を大量に買い付けることである。航空機は1機あたりの金額が大きいから、一時的な貿易不均衡の是正には役立つ。しかし、それは、あくまで一時的な措置であり、米中の貿易不均衡をもたらしている構造を変えることにはならない。しかも、中国の航空機市場ではボーイングと欧州のエアバスが競争しており、習近平が航空各社にボーイング製の航空機の購入を強制することは、競争原理を歪め、航空会社のコストを高めるとともに、欧州の不満を招くことにもなる。トランプは、米国の多国籍企業の行動が米中の貿易不均衡の背景にあることを、きちんと認識すべきである。

トランプとの握手の写真に安堵した習近平

習近平はトランプの就任から3カ月経った17年4月に訪米し、6、7日の2日にわたってトランプとの間で初の首脳会談を開いた。トランプは、外交において理念よりも取引を、そして自分と相手国の首脳との「相性」を重視する。首脳会談でトランプは習近平との相性が良い、と評価した。これまでの米国大統領とはまったく違うタイプのトランプと、ひとまず個人的な信頼関係を築けたことに、習近平は安堵したであろう。また、トランプがやり玉に挙げていた両国間の貿易不均衡については、改善に向けて協議していくことになった。中国にとって首脳会談の成果と言えるのは、外交安全保障、経済、サイバーセキュリティー、社会と文化の四つの分野で包括的な対話の枠組みを設けることで合意したことである。オバマ政権では米中戦略経済対話で、両国の抱える課題が話し合われていた。トランプ政権でも対話の枠組みが継続することで、両国の意思疎通を図るチャンネルが維持された。

習近平に同行した中国側の報道陣は、「習近平とトランプが握手している写真が撮れたのが最大の成果だ」と率直な感想を漏らした。習近平の外遊は、常に大成功であったと、国内向けに報道しなければならない。記事は成果のあった部分だけを報道すれば済むが、写真は、そうはいかない。国民に、トランプが習近平と握手している写真を見せることができたので、中国側の報道陣は自らの役割を果たした、と安堵した。自らに批判的なメディアとの対決姿勢を示すトランプから見れば、習近平の成果しか報道しない中国の報道陣と習近平の関係は、うらやましいものであろう。

しかし、習近平が安堵できたのは、トランプと握手している写真を国内向けに撮れたことぐらいであり、この2日間、習近平は、その場その場で思ったことをすぐに実行してしまうトランプと付き合うことの難しさを思い知らされた。トランプは、習近平との夕食会に臨んでいる時に、「化学兵器を使用した」としてシリアの政府軍に対してミサイル攻撃を実行した。折しも、核・ミサイル開発を推し進める北朝鮮の挑発行為に、どう対処するかが、米中首脳会談でも重要な議題になっており、首脳会談に臨んでいた習近平にとって、トランプの行動は、北朝鮮の出方次第では軍事的行動も辞さないという「恫喝」と映ったであろう。一方で、習近平との首脳会談の後、トランプはしきりに習近平を持ち上げ、北朝鮮の核・ミサイル開発の問題で、習近平は北朝鮮に圧力をかけようと努力している、と繰り返し述べている。

外交・経済の両面で限られる中国の北朝鮮への影響力

北朝鮮の核・ミサイル問題を取り上げる時に、日本のマスコミは「北朝鮮の最大の後ろ盾である中国」という枕詞を必ず並べる。トランプも、中国は北朝鮮に強い影響力を持っているから、習近平が必ず問題の解決に動いてくれる、と信じているようだ。

しかし、中国は今でも北朝鮮を動かすだけの影響力を持っているだろうか。中国は1950年から53年までの朝鮮戦争に中国人民志願軍を送って北朝鮮を支援し、おびただしい戦死者を出した。こうした経緯から、中国と北朝鮮の関係は「血で結ばれた同盟」と呼ばれてきた。ところが、習近平は2012年に総書記に就任して以降、それまで中国共産党のトップは就任後、まず北朝鮮を訪問するという慣例を破り、14年に韓国を訪問して大統領であった朴槿恵《パククネ》と会談した。その後、朴槿恵が中国を訪問した機会も含めて習近平は朴槿恵と会談を重ね、親密な関係を築いた。その一方で、習近平は北朝鮮を一度も訪問していない。習近平が朴槿恵との会談を重ねていった理由には、習近平が相手国の首脳との相性を重視したことがある。副首相であった習仲勲を父に持つ習近平と、大統領であった朴正熙《チョンヒ》を父に持つ朴槿恵は、ともに二世政治家である。首脳同士の相性を重視して外交を展開するところは、習近平もトランプと似ている。しかし、習近平が親密な関係を築いた朴槿恵は、韓国内での長年の友人と共謀して賄賂を強要したなどの罪で17年3月に罷免され、逮捕された。

朴槿恵の失脚に対して、習近平はどう思ったであろうか。友人との問題が明るみに出てから、朴槿恵は辞任を求める激しい世論にさらされ、韓国のマスコミも連日、この問題を取り立てた。共産党の一党独裁のもとでデモや集会の自由がなく、マスコミも厳しい言論統制に置かれている中国のトップに立つ習近平から見ると、「だから民主主義では権力が維持できないのだ」と、改めて共産党の独裁を正当化する思いを強めたかもしれない。

習近平が韓国との関係を深める一方で、北朝鮮を訪問していないのは、中国の北朝鮮との外交関係をそれまでの「特別な関係」から「普通の関係」に変える、という習近平の方針に沿ったものであった。朝鮮労働党委員長である金正恩《キムジョンウン》も中国を訪問していない。金正恩の父である金正日《ジョンイル》と祖父である金日成《イルソン》はともに中国を訪問している。金正恩は13年

12月に、北朝鮮の実質的なナンバーツーの立場で中国との外交の窓口役を務めていた張成沢《チャンソンテク》を突然粛清して、国家を転覆させようとした陰謀の罪で死刑判決を下して、即日処刑した。中国からすると、張成沢の処刑で北朝鮮とのパイプが失われ、北朝鮮に対する影響力が削がれた上に、金正恩の政治・外交姿勢に習近平が不信感を募らせる出来事になった。

トランプは、北朝鮮問題に対して、中国が経済制裁を強めることを期待している。しかし、経済面でも、中国がどこまで北朝鮮に圧力をかけることができるか疑問がある。中国は北朝鮮に石油を輸出し、北朝鮮から石炭を輸入している。中国が輸出する石油は北朝鮮が厳しい冬の寒さを乗り切るのに必要で、北朝鮮から輸入している石炭は、北朝鮮にとって貴重な外貨獲得源である。北朝鮮は石炭の輸出によって得た外貨で、核・ミサイル開発を推し進めてきた。中国は、その北朝鮮からの石炭輸入を停止すると表明している。

1990年代に、石炭、石油の大規模な積み降ろし港である、河北省の秦皇島《しんこうとう》港を日本の新聞記者が取材した時に、巨大なタンカーを見て、この記者は「立派なタンカーですね」と案内役の役人に言った。すると、この役人は、「ああ、あれは今、石油を密輸しているところです」と事もなげに答えた。中国では、国を代表する大きな港で、白昼堂々と密輸が行われている。しかも、それを外国人記者に隠すこともなく言ってのける。

中国では、地方の役人に、外国人記者が「今、中国では、こういう政策を実施していますね」と尋ねると、「それは北京（の中央政府）が言っていることでしょう」と、自分たちには関係ないということを平然と答えることが多い。中国は広くて、地方の隅々まで中央政府の目が届くことはなく、日本の県にあたる中国の省は、欧州の一国にあたる面積と人口を抱えている。地方の役人は、一国一城の主であり、いつも関心を持っているのは、中央政府の政策ではなく、地元の雇用と税収の確保である。地元の利益のためなら、中央政府をだますことなど、何の罪悪感もない。このような国で、北朝鮮への経済制裁が確実に履行されることが、果たして期待できるであろうか。

トランプは、北朝鮮問題で、習近平が役割を果たしてくれる、と期待感を示している。しかし、習近平にとっては、外交面でも、経済面でもできることは限られている。一方で、北朝鮮と米国・韓国が再び戦火を交えるようなことになれば、国境を接する北朝鮮から大量の難民が中国国内に流れ込む事態になりかねず、こうした事態は何としても避けたい。習近平は自らが背負った期待に困っているであろう。

「新型大国関係」を持ち出せなかった習近平

習近平は、トランプの前任のオバマと会談した折に、米中関係は「新しいタイプの大国関係」である、と語っている。習近平によると、中国語でいう「新型大国関係」とは、「衝突せず、対抗もしない」関係である。習近平が「新型大国関係」を持ち出したのは、歴史的に、覇権を唱えている国に対して、新たに台頭してきた国の勢力が接近してくると、両国間には衝突が起きるのが常であった、ということを踏まえている。世界第一の経済大国である米国に対して、世界第二位の経済大国となった中国は、米国と衝突もせず、対抗もしないことで、世界史の上で、初めて大国同士が共存する関係を築くことになる、というのである。

習近平は、米国との間で「新型大国関係」を構築することで合意すれば、過去にない大国関係を提唱した指導者として、世界史に名を残せる、という目論見があった。オバマは習近平の話を聞いただけで、賛同も否定もしなかった。中国国内では、オバマの反応には触れられず、習近平の提唱したことが、世界史の上で画期的なこととして報じられた。

習近平はオバマに対して「新型大国関係」を説明する中で、「広い太平洋には、米中両国を受け入れる余地がある」と述べている。これは、ベトナムやフィリピンと領土問題をめぐり係争を抱える南シナ海で、軍事拠点の建設を強行する中国に対して、太平洋を挟んで遠く離れた米国は干渉しないでくれ、ということを意味している。

習近平は、トランプに対しても、「新型大国関係」を持ち出したかったであろう。しかし、「米国第一」を掲げ、米国の利益を何よりも優先するトランプは、世界史に名を残す米中関係を築く、といった理想論には耳を傾けようとはしないであろう。トランプは、就任前に得意のツイッターで、南シナ海での中国の軍事拠点建設について、「我々に断っただろうか」と書き込んでいる。北朝鮮問題で協力を迫るトランプの勢いに押され、習近平は「新型大国関係」に触れることができなかった。

欧州との関係強化も対米交渉力の向上にならず

中国共産党総書記であると同時に国家主席でもある習近平は、就任以来、中国が伝統的に友好関係を保ってきた東南アジアやアフリカの各国を訪問すると同時に、欧州各国を積極的に訪れ、欧州との経済関係の強化に注力してきた。習近平は、欧州と中国を陸路と海路で結ぶ「一帯一路」構想を打ち出して、港湾などのインフラ整備への投資を進めている。これも、欧州との貿易を拡大する狙いがある。欧州連合（EU）は中国の最大の貿易相手である。習近平の欧州を重視した外交は、欧州との貿易・投資の拡大を通じて、中国の利益を得るという実利の面もある。それにとどまらず、中国と欧州の結びつきを強めることで、中国が米国と交渉する上での交渉力を引き上げたい、との狙いもあった。その成果として、習近平が提唱したアジアインフラ投資銀行（AIIB）への参加に、日本と米国が慎重な姿勢を取る中で、英仏独伊など欧州主要国の参加を取り付けた。欧州は、アジアと遠く離れているため、中国が南シナ海でベトナムやフィリピンとの間で領土問題の係争を抱えながら、軍事拠点化を進める動きに対して、日本や米国のように強い関心を持っていない。こうした、地政学的な中国への関心の違いと、中国の経済力を背景に、習近平は米欧の間にくさびを打つことに成功した格好になった。

しかし、就任早々に環太平洋パートナーシップ協定（TPP）から離脱したトランプは、多国間の交渉枠組みを嫌い、一国対一国の個別交渉を好む。こうしたトランプには、欧州との結びつきを強めることで、対米交渉力を引き上げたい、という習近平の戦略は通じない。習近平の対米戦略は練り直しを迫られている。

中国の外交において、米国との関係は最重視されてきた。軍事大国であり、経済大国でもある米国に、どう対応するかということは、中国の軍事戦略や経済の利害に直接影響するばかりでなく、米国の外交政策が、世界情勢に影響を与え、その影響が中国にもかかわってくるからである。これまでの米国大統領は、すべて外交戦略を持っていた。中国は、それを分析して、どう対応すれば自国の利益になるかを考えればよかった。しかし、外交戦略というものを持たず、その場、その場で強大な軍事力の行使も含めて決断を下す、というトランプの出現によって、習近平も従来のように対米戦略を構築することはできなくなっている。習近平の困惑は深いであろう。

「中華民族の偉大な復興」を掲げる習近平に対して、トランプは「米国を再び偉大にする」と叫ぶ。習近平は「強い中国」を目指し、トランプは「強い米国」を志向している。両者はともに異論を唱えさせない独裁者である。こうした背景がトランプに「習近平とは相性がいい」と言わせているのかもしれない。しかし、付き合うのが難しいことが分かったトランプから、どれだけ持ち上げられても、習近平は素直に喜べないのが真情であろう。

第7章 最初からつまずいた日本の対中外交

戦争の賠償放棄をありがたく受け入れた田中角栄

1972年2月に当時の米国大統領であったニクソンは電撃的に中国を訪問し、主席であった毛沢東と首相であった周恩来と会談した。中国の建国後、台湾の中華民国と国交を結び、大陸の中国に対しては封じ込め政策を採ってきた米国が、中国との国交樹立に転換した歴史的な訪中であった。

ニクソンに頭越しの訪中をされた日本は、あわてて同年の9月に首相であった田中角栄が外相であった大平正芳を伴って訪中し、周恩来と会談して日中の国交を正常化することで合意した。田中角栄らの訪中に際して、日本の外務省はそれまで中国と国交を結ぶことを考えていなかったから、中国語に堪能な通訳を育成していなかった。にわか仕立ての日本側の通訳は、日本の戦争責任に触れたくだりで、中国に対する謝罪の意を表す言葉として、こともあろうに中国語の「対不起」を使った。「対不起」は、電車の中で他人の足を踏んだ場合に、「すみません」と謝るのに使うような言葉であり、このような外交交渉において、戦争の責任に触れた文脈で使うことなど、考えられない。これには、周恩来も、むっとして、日本側がこのような言葉を使ったことに抗議した。外交文書によると、周恩来は「田中首相の『中国人民に迷惑をかけた』との言葉は中国人の反感をよぶ。中国では迷惑とは小さなことにしか使われないからである」と述べた。日本の中国語通訳者の間では語り草になっているエピソードである。

さらに、戦争の賠償責任について、周恩来が、「我々は賠償の苦しみを知っている。この苦しみを日本人民になめさせたくない。我々は日中両国人民の友好のために、賠償放棄を考えた」と述べたのに対して、田中角栄は、「賠償放棄についての発言を大変ありがたく拝聴した。これに感謝する。中国側の立場は恩讐を超えてという立場であることに感銘を覚えた」と答えて、周恩来が示した賠償放棄をありがたく受け入れた。

米国に続いて日本とも国交を回復するということは、中国外交の一大転換であった。当時、長い国境線を挟んだソ連との対立が続いており、一方で西側諸国とも国交がない状態は、中国に厳しい国際環境をもたらしていた。国内では毛沢東が発動した文化大革命がまだ収束していなかったが、ニクソンと田中角栄が訪中した前年の71年に、毛沢東の後継者とされていた林彪が起こしたクーデターを周恩来は不眠不休で処理して、これからは農業、工業、国防、科学技術の「四つの現代化（近代化）」へと舵を切ろうとしていた時期であった。周恩来としては、そのために必要な安定した国際環境を手に入れるため、自ら先頭に立って中国外交の転換を進めた。

この中国外交の大きな転換は、周恩来がいたからこそ成し遂げることができた。中国の国民は、長年、米帝国主義と戦うことを教えられており、日本については、抗日戦争で中国人民がいかに「日本鬼子（日本の鬼、日本兵のこと）」に苦しめられながら戦ってきたかを教育されてきた。だから、米国と日本との間に国交を結び、これからは両国と仲良くしていくのだ、ということを国民に納得させるのは、容易なことではない。国民に広く敬愛されている周恩来だからこそ、この大転換を実行することができた。

日本に対する賠償放棄についても、周恩来だからこそ言い切ることができた。その背景には、田中角栄に述べたように、「戦争で苦しい思いをしたのは日本人民も同じである」という認識があった。しかし、それにとどまらず、周恩来には、賠償を放棄してでも、日本との国交正常化を急いだ方が、長い目でみて中国には得策である、という深謀遠慮が働いていた。周恩来の長期的な戦略と比べて、米国に頭越しにされてあわてた日本には、中国との国交正常化に臨んでの準備が十分でなく、田中角栄は周恩来の賠償放棄の考えを素直に受け入れてしまった。もし、周恩来との会談で、田中角栄が、「いや、周首相、それはいけません。日本は中国に多大な損害を与えた。賠償はさせてください」といった趣旨の発言をしていたら、日中国交正常化以後に日本のビジネスマンが中国で味わった苦労は、もう少し違っていたかもしれない。

政治リスクにさらされた日本の対中ビジネス

中国が改革開放に踏み切って間もない80年代後半に上海に駐在していた日本の電機メーカーの代表は、中国側の交渉相手との商談で、価格をめぐって暗礁に乗り上げていた。ある時、中国側の交渉相手に、「気分転換に出かけましょう」と誘われて郊外に行った。

そこで、中国側の男性は、小高い丘を指して、「あの丘から日本軍が攻めてきました」と言った。いたたまれなくなった日本側の代表は、「分かりました。価格を下げましょう」と中国側に譲歩した。

外資系企業との商談に出てくる中国側の担当者は、常に外資系企業にとって厳しい条件を提示するのが常であった。それに加えて、日本企業の場合は、この電機メーカーの例のように、日本企業であることによるいろいろな形の圧力がかかることが多い。一方、日本の本社では、そうしたことは理解されず、商談が日本側に有利な条件で進むように、と駐在員に指示する。日本企業の駐在員の間では、「我々は前から銃を突き付けられ、後ろからも銃でせっつかれる」とぼやく声が聞かれた。その上、日本の本社の経営トップが中国側に招かれて北京を訪問すると、人民大会堂で赤いじゅうたんの上を歩き、豪華な宴会料理でもてなされて、中国側の高官などから、耳触りの良い話を聞く。こうして自社の経営トップらは、「中国はいい国じゃないか」と駐在員に言い残して帰国していく。駐在員には、「本社は我々の苦労を分かってくれない」と、ストレスがたまっていく。

日本は79年から2013年までに3兆3000億円余りの円借款を中国に供与した。このほかに1500億円余りの無償資金協力と、1800億円余りの技術協力も実施している。円借款は北京市の地下鉄建設や上下水道の整備のほか、内蒙古などの化学肥料工場の建設といったプロジェクトに使われ、中国のインフラ整備を通じて経済発展に寄与した。しかし、こうした事実は中国の国民に知られていない。

日本と中国の間では、12年の尖閣諸島国有化など、大きな政治問題が起きるたびに、中国で必ず反日運動が高まった。日本製品の不買運動が広まったり、反日デモが日本企業の現地に開いた商業施設を襲って破壊するなどの暴力的な動きも起きた。このような破壊行動があっても、中国政府が施設を修復してくれるようなことはない。中国では、日本のほか、欧米など数多くの国・地域の企業が事業を展開しているが、日本企業だけが、対中ビジネスで常に政治リスクにさらされてきた。

そうした中で、日本企業は中国の経済発展に尽力してきた。製造業では、中国との合弁企業を通して、中国にものづくりのノウハウから経営管理の手法まで幅広く伝授してきた。改革開放の当初は、合弁企業で工場内の原材料や製品の整理整頓から着手して、工場内を片付けただけで生産性を向上させた。最新の生産設備を導入し、工場で働く労働者に技術を伝え、管理職を育成した。日本企業の手取り足取りの指導によって、中国企業の実力は飛躍的に高まっていった。

サービス業でも、日本企業は中国人従業員にサービスのあり方から一つ一つ教えていった。改革開放の当初までは、モノ不足の経済が続き、つくれば売れる状況であった中国では、サービス業の振興にはあまり力が入れられなかった。日本企業は、客への頭の下げ方から伝授した。上海の日系ホテルの日本料理店で、小姐（若い女性の呼称）に接客を指導した日本人の女将は、サービスを教える苦労について聞かれ、「（覚えさせるのが大変で）気がおかしくなりますよ」と答えた。

相互補完関係を築いた日中貿易

日本企業のビジネスマンが苦労を重ねた結果、日本と中国の経済関係は深まった。日本と中国の貿易統計を見ると、日本の統計では日本側の輸入超過（貿易赤字）であり、中国側の統計では中国側の輸入超過（貿易赤字）と、食い違っている。しかし、これは香港を経由した貿易をどう計上するかの違いであり、原産地証明によって輸入元が限定される輸入統計同士を突き合わせると、両国の貿易はほぼ均衡している。米国が大幅な輸入超過で巨額の貿易赤字を計上している米中貿易と大きく異なる。日本と中国の貿易でも、双方の輸出入ともに最大の品目は米中貿易と同じく機械・電気機器である。米中貿易では、機械・電気機器で米国の中国への輸出が、中国からの輸入の2割にとどまっているのが全体の不均衡の原因であるが、日中貿易では、機械・電気機器で日本の対中輸出は中国からの輸入を2割近く上回っている。この違いが日中貿易の均衡している原因である。

日中貿易では、日本から中国へ半導体や集積回路（IC）などが輸出され、中国からはスマートフォンなどが輸入されている。機械・電気機器で活発な部品と製品のやり取りがなされていることは、日中間で分業が成立していることを示している。米中貿易では、米国内の多国籍企業が機械・電気機器の分野で部品の生産を東南アジアに移したため、東南アジアで生産された部品が中国に輸出されて、中国で組み立てられた完成品が米国に輸出される、という三角貿易が形成されている。これに対して、日中貿易では、日本の機械・電気機器メーカーは競争力のある基幹部品の生産を日本に残し、中国は完成品の生産拠点として活用している。このような企業行動の違いが米中貿易と日中貿易の差につながっている。日中貿易では、機械・電気機器のほか、日本からは工業原料となる化学工業生産品が輸出され、中国からは得意とする労働集約型の繊維製品が輸出されている。日中貿易は相互補完的である。日本が輸入している電算機類の4分の3は中国製であり、輸入衣類の

6割は中国からである。日本と中国は政治の波に揺れながら、経済では切っても切れない関係を築いている。

中国に役立つ日本の公害克服の経験

日本がこれから中国に協力できる分野は環境であろう。中国は改革開放によって高度経済成長を実現したが、環境対策が後回しにされたため、環境汚染が深刻になっている。首都の北京では大気汚染が常態化して、空は曇って視界が悪く、市民は街を歩くのにマスクをしなければならない。あまりの空気の悪さに、日本企業の駐在員も、家族を北京に住まわせるのは健康に影響するから、ためらってしまう。その結果、駐在員になりたい人が足りず、過去に駐在を経験した人が何度も派遣される例も出てきている。

日本も高度経済成長期に公害問題を経験した。有害物質が工場の外に排出されたことなどが原因で、水俣病やイタイイタイ病などの公害病が発生し、京浜工業地帯などの産業の集積した地域では大気汚染が深刻化した。日本の公害問題への取り組みは、健康被害を受けた住民が有害物質を排出した企業を相手取って訴訟を起こしたことから始まった。やがて公害をめぐる住民運動が活発化して、企業も公害対策に乗り出していく。その過程で、日本の場合は、地方自治体が企業と協力して、公害問題に取り組んだことが、問題を解決していく鍵となった。自治体は、大気や水の汚染を観測して企業と連携をとり、一緒になって対策を考えていった。

中国でも中央政府は環境問題の重大さを認識してはいる。北京市政府も大気汚染が深刻なことは分かっている。また、中国の地方でも工場から排出される物質による大気や水質の汚染に対して、住民が抗議運動に立ち上がる事例がみられる。しかし、中国では地方政府と企業が協力して環境対策に取り組むような動きは出てきていない。自治体と企業が一緒になって環境対策を進めた日本のノウハウは、中国にとって役に立つものに違いない。中国は日本企業の環境技術を高く評価している。しかし、企業の技術だけでなく、日本企業と日本の自治体が、連携して環境対策に取り組んできた具体策を知ることが、中国にとって重要であろう。中国の環境問題は、多くのビジネスマンが現地で生活している日本にとっても他人ごとではない。北京の空がきれいになるように、公害問題で培った日本の環境対策のノウハウが活用されれば、日中関係にとってもプラスになるだろう。

中国の人材育成に貢献する日本企業

一時期ほどの勢いはなくなったが、日本を訪れる中国人観光客の「爆買い」を通じて、化粧品や炊飯器をはじめとした家電製品などの日本製品に対する中国人の人気が、日本でもよく知られるようになった。しかし、今の中国の若者にとって、日本と言えば、こうした製品ばかりでなく、アニメや漫画、ゲームを生み出している国としてとらえられている。彼らは、小さいときから日本のアニメを見て、日本のゲームで遊び、日本の漫画を読んで育っている。こうした日本文化は、彼らの生活に溶け込んでいる。最近では、日本の映画「君の名は。」が中国でも上映されて大ヒットした。

中国から日本を訪れる観光客は大勢いるが、日中間の政治家や高官の往来は、政治情勢に左右される。中国は、日本の政治家の言動などによって、日本との政治家や高官の往来のレベルや頻度を変化させ、それに応じて、日本側も相応の対応をする。ただ、そうした中でも、立法府の交流が毎年続いていることは、意外と知られていない。中国の国会に当たる全国人民代表大会（全人代）は、毎年春に年1回の全国大会を開く。ここでは、首相が政府活動報告をして、その年の予算などを採択する。全国大会の閉会中は、全人代の常務委員会が随時開かれ、立法作業に当たる。常務委員会の中に法制工作委員会が置かれており、立法作業のほか、日本など外国の議会との交流も担っている。この法制工作委員会の代表団が毎年、日本の国会を訪れ、日本の法律制度や、立法過程などの説明を受けている。中国では、さまざまな分野の法律がまだ整備されていない面があり、日本がどのように法律を制定しているかについて、参考になるところは多い。

日本企業は、中国に設立した合弁企業で中国人の工場労働者や管理職などを育成してきたほか、優秀な人材を日本に招いて研修を積み重ねてきた。このような人材育成の協力の中から、日本企業の中核となって働く人たちも出てきている。東京都内の中華料理店に入ると、顔や服装からは日本人と区別のつかない若いサラリーマンたちが、中国語で会話しているのをよく見かける。日本の大手企業でも、中国人が重要な立場を任される例も珍しくない。日本を代表するシンクタンクでも、中国人の研究者が次々に日本語で論文を発表して活躍している。

「中国に民主主義は必要ない」と言い切る若手経営者

中国の企業では、若手の経営者が活躍するようになっている。彼らの中から、経営学を学びたいという意欲のある人たちが、日本の大学にＥＭＢＡの単位取得のために入学して授業を受けている。ＥＭＢＡはエグゼクティブＭＢＡ（経営学修士）のことで、第一線で活躍する経営者のために、彼らが働きながら経営学修士を取得できるコースである。一橋大学や早稲田大学などが中国企業の経営者らを積極的にＥＭＢＡのコースに受け入れている。日本の大学にＥＭＢＡを取得するために入学する中国企業の経営者の動機は、「箔を付ける」ことと、「人脈をつくる」ことである。中国でも優秀な若手経営者が激しい企業間の競争で勝ち抜くことを目指す時代になっており、彼らは事業活動を展開する上で、ＥＭＢＡという「箔」を持っていることが有利になる、と考えている。また、中国ではビジネスの面でも人脈を持っていることが強みになる。彼らは日本で事業を展開する上で有利になるようにと、ＥＭＢＡのコースを受けている間に、日本の政財界との人脈づくりに励んでいる。

中国企業の経営者らは、ＥＭＢＡのコースの一環として日本の国会に案内され、国会での審議などについて説明を受ける機会がある。そうした時に、彼らは日本での民主主義のあり方について理解を深める一方で、「中国では民主主義は必要ないし、民主化はできない」と言い切る。その理由は、中国で選挙を実施したら、農民は自分で投票すべき候補者を選択することができない、というものである。これは、中国国内で長年言われてきた民主化不要論の中心的な議論である。確かに、中国の農村では都市に比べて教育水準が低く、政治に対する意識も高くない。また、中国企業の経営者らがこのように言い切る背景には、農民に対する差別的な意識も働いている。彼らは中国共産党の推進する改革開放の受益者である。中国が民主化することのメリットは感じられず、共産党の一党独裁が続いた方が、自分たちの利益になると思っている。日本に来て、民主主義の実状に触れた上での彼らの発言は、1989年の天安門事件の際に盛り上がった民主化を求める気運が、現在はしぼんでしまったことを象徴的に示している。

日本の大学では、多くの中国人教員が教壇に立っている。彼らは、時折、調査研究のために中国を訪れる。そうした時に、中国当局にスパイ容疑で拘束される例が後を絶たない。拘束されるのは、日本国内で比較的中国共産党寄りだと見られていたり、日中友好に積極的な教員である。彼らが拘束されても、日本の家族や大学関係者には中国側から何の連絡もないので、日本に残された家族や大学関係者は失踪した教員の安否も分からず、不安を募らせるだけである。拘束される教員は、大学での講義だけでなく、外部から原稿の執筆依頼などを受けている場合が多く、こうした仕事を依頼した側にとっても、いつその教員が帰ってくるのか分からず、困ってしまう。拘束された著名な教授の例では、中国外務省の定例会見で、スポークスマンが「×××は中国の公民であり、中国の法律を遵守するのは当然である」という言い方で、暗に拘束の事実を認めた。この教授は、所持していたパソコンのデータをすべてチェックするなどの取り調べの結果、スパイ容疑を裏付ける証拠が出なかったので、拘束期限の6カ月が到来したときに釈放された。釈放前日に家族と買い物に行くことを許され、取り調べに当たった担当者は、「どうだ、俺たちの取り調べは人道的だっただろう」と、誇らしげに言った。

日本と中国は、経済面で切っても切れない関係を築いたが、人の往来の面ではいまだに政治が影を落としている。

第8章

習近平は毛沢東になれるのか

農民を組織して中国の建国に導いた毛沢東

中国の首都である北京の中心部の天安門には、建国の父である毛沢東の巨大な肖像画が掲げられている。中国の通貨である人民元の100元札には毛沢東の肖像画が印刷されている。毛沢東は1966年に自らが発動した文化大革命によって、10年にわたり中国を大混乱に陥れた。毛沢東に忠誠を誓う紅衛兵らによって、寺院などでは破壊活動が繰り広げられ、貴重な文物が失われ、多くの幹部が攻撃されて失脚し、生産活動は停滞した。しかし、文化大革命が収束した後に主導権を握った鄧小平のもとで開かれた81年の中国共産党第11期中央委員会第6回全体会議（6中全会）で採択された「建国以来の党の若干の歴史問題に関する決議」で、毛沢東は「功績が第一、過ちは第二」と評価され、全面的に否定されることはなかった。中国共産党はこれ以後、毛沢東に関する議論を封印している。

76年の毛沢東の死後、初めて毛沢東と鄧小平というカリスマの指名なしで、2012年に共産党トップの座に就いた習近平は、将来、毛沢東のようにその肖像画が天安門に掲げられたり、紙幣に印刷されたりするであろうか。

毛沢東は、中国共産党が国民党との内戦に勝利するのに大きな貢献をした。1921年に誕生した中国共産党は、当初、世界で初めて共産革命に成功したソ連の影響を強く受けた。マルクスの説いた共産主義は本来、工業の発達した国で、資本家に搾取されていた労働者が革命を起こして政権を握るはずのものであったが、工業の発達が十分ではないソ連で革命が成立した。中国共産党では、発足当初、ソ連に留学した「留ソ派」と呼ばれる党員の影響力が強く、また、共産主義政党の国際組織であるコミンテルンの指示を受けて、都市でのストライキなど、労働者を組織して革命を起こすことを目指していた。

しかし、当時の中国は日米欧の列強の侵略を受けて半植民地状態にあり、工業の発達も遅れていて、レーニンが共産主義政権を樹立したソ連よりも、マルクスの説いた共産主義革命が成立する条件からは遠かった。一方、「留ソ派」やコミンテルンは、中国の農村で共産党を組織することはまったく念頭になかった。湖南省の農民の家に生まれ育った毛沢東は、地主に搾取されて苦しむ農民の生活を熟知していた。毛沢東は、農民を組織して蜂起させ、「農村から都市を包囲する」戦略を編み出した。やがて、共産党の軍隊は、「人民のものは針一本取らず、借りたものは必ず返す」という規律の良さが農民をとらえ、それによって地主から解放された農民が参加することで、勢力を増していった。

毛沢東は、国民党を相手にした内戦を通して、中国共産党の中で主導権を握り、その中で、日本軍と戦う抗日戦争における戦略として『持久戦論』を著し、軍事面でも独特の戦術を示した。抗日戦争に中国全体として勝利するために、抗日統一戦線の結成を主張して、国民党を率いた蔣介石との間で国共合作を実現した。中国が抗日戦争に勝利すると、蔣介石は再び共産党との内戦を開始して、共産党に敗れると台湾に逃亡した。こうして49年に毛沢東は中華人民共和国の樹立を宣言することになる。

毛沢東は、マルクス・レーニン主義の教条にとらわれることなく、中国の国情から出発して、農民を組織して軍隊をつくり、農村から都市を包囲する独特の戦略を実行し、軍事力で圧倒的に勝る国民党軍を相手にゲリラ戦術で戦い、ついに勝利を手にした。中華人民共和国の成立は、毛沢東がいなければ実現しなかったであろう。

マルクス主義を中国に合わせて展開した毛沢東

毛沢東は、軍事戦略面で独自の理論を編み出したばかりでなく、マルクス主義を中国の国情に応じて展開する上で、哲学的な著作も残した。抗日戦争中の37年に『実践論』と『矛盾論』を著している。『実践論』は、弁証法を用いて、実践こそが認識を深める手段であることを強調している。これは、マルクス主義を機械的に中国にあてはめようとする教条主義を排して、中国で実践してみて有効である方法で革命を進めるべきことを説いたもので、「留ソ派」やコミンテルンの影響を除いて毛沢東が主導権を握る理論的根拠となっていった。『矛盾論』も、唯物弁証法を用いて、あらゆる事物には矛盾があり、対立する矛盾は闘争を通じて統一される、という捉え方を提示したもので、当時、共産党内にみられた「左」と「右」の路線に向けられたもの、とされている。こうした著述は、毛沢東がマルクス主義を創造的に発展させたものとして共産党内で評価されている。

毛沢東は、共産党が政権を握ってから、『十大関係を論ず』と『人民内部の矛盾を正しく処理する問題に関して』という著述を残している。『十大関係を論ず』では、重工業と軽工業、農業の関係において、農業と軽工業の発展に力を入れながら、重工業も発展させるなど、経済建設はバランスのとれた発展を目指すべきだとしている。中央と地方の関係では、中央の統一的指導を前提として、地方の権力も適度に拡大すべきだとしている。『人民内部の矛盾を正しく処理する問題に関して』では、敵対的な矛盾と人民内部の矛盾を区別して、違う対処をしなければならないと述べ、労働者階級と民族資本家の間の矛盾は人民内部の矛盾にあたり、団結—批判—団結という方法で解決していくべきである、としている。

著作に反して急進主義に走った毛沢東

これらの論述に見られる考え方は、国内のさまざまな階層を団結させて、時間をかけながら、バランスのとれた社会主義社会を建設していく、というものであった。しかし、毛沢東は、自らの著作に述べた考えに反して、急進的な社会主義化に走っていく。農村の人民公社化と工商業者の接収による集団化や国有化を推し進め、さらに、経済建設で英米に追いつき追い越すという無謀な目標を掲げて、「大躍進」運動に全国を巻き込んでいった。「大躍進」の過ちを指摘した国防相であった彭徳懐に対しては、「人民内部の矛盾」としてではなく、敵対的な矛盾として、切り捨ててしまった。「大躍進」の挫折を経て、毛沢東が国家主席の座を譲った劉少奇の採った調整政策によって経済は落ち着きを取り戻したが、劉少奇が社会主義化を後退させたと見た毛沢東は、文化大革命を発動し、全国を大混乱に陥れた挙句に、劉少奇は毛沢東に忠誠を誓う紅衛兵らの迫害で非業の死を遂げた。

文化大革命の過程で、紅衛兵らの熱烈な毛沢東への個人崇拝を利用して自らを毛沢東の後継者に認定させた林彪は、共産党を乗っ取ろうとの野心を抱き、クーデターを企てたが未遂に終わり、逃亡の過程でモンゴルで墜落死した。

「大躍進」から文化大革命を経て林彪事件に至る過程で見られた毛沢東の実像は、自らの著作に示された、中国の国情を踏まえて漸進的に社会主義を建設する、という考え方からは遠く離れ、急進的な社会主義化と無謀な経済建設の果てに混乱を招き、批判する者は容赦なく切り捨て、個人崇拝を利用してまで自らの意に反する者は打倒して、最後には自らへの個人崇拝を悪用されて反逆に遭うという、権力に固執した独裁者の姿であった。

共産党の党規約に明記された毛、鄧、江、胡

建国後の行動は、自らの著述に示した考えと大きく食い違ってはいたが、毛沢東はマルクス主義を中国の国情に合わせて応用する独特の思想を編み出した。中国共産党の党規約には、共産党の行動規範とするものとして、マルクス・レーニン主義の次に毛沢東思想が示されている。その次には、毛沢東に次ぐカリスマである鄧小平の名を冠した「鄧小平理論」が挙げられている。鄧小平は、毛沢東の死と毛沢東夫人の江青ら「四人組」の逮捕によって文化大革命が収束した後、プロレタリア階級とブルジョア階級との階級闘争に終止符を打ち、改革開放へと大きく舵を切った。鄧小平の考え方は、共産党の一党独裁だけは譲れないもので、民主化は認めないが、経済発展に役立つならば資本主義的な手法は取り入れて構わない、というものである。また、改革開放の進め方では、役に立つと考えられる政策は試してみて、だめならやめればいい、という極めて現実主義的な考えを持っていた。鄧小平の考え方が、「鄧小平思想」ではなく、「鄧小平理論」とされたのは、マルクス・レーニン主義に並ぶような「思想」を創り出したのは毛沢東だけであって、鄧小平の

考え方を毛沢東思想と並べてしまうと、思想面での毛沢東の位置づけが低下してしまう、という配慮がある。

中国共産党の党規約で「鄧小平理論」の次には、江沢民が提起した「三つの代表思想」が並び、それに続いて胡錦濤が打ち出した「科学的発展観」が記されている（2017年10月開催の第19回共産党大会以前の時点）。ただ、「三つの代表思想」と「科学的発展観」には、江沢民と胡錦濤の名前は冠されていない。毛沢東と鄧小平に並んで名前を残すほどではないが、提起した内容は党規約に記されることで、歴史に刻まれることになった。

「三つの代表思想」では、共産党が中国の最も幅広い人民の根本的な利益を代表するとして、それまで「資本主義の尻尾」と嫌われてきた私営企業の経営者らが入党する道を開いた。「科学的発展観」は、「人を以て本と為す」という言葉で、人間本位を掲げ、環境と調和の取れた発展を目指すことを示している。毛沢東の『十大関係を論ず』の焼き直しという印象もあるが、高度経済成長を続ける中国で、環境や資源の制約に配慮する必要があることを示したものであった。ただ、08年のリーマン・ショックを受けた大型景気対策によって、環境との調和よりも経済成長の回復が優先されて、「科学的発展観」の内容は現実には反映されなかった。

独創性に乏しい習近平

習近平は、天安門に肖像画が掲げられたり、紙幣に肖像画が印刷されるようなカリスマになるためには、江沢民や胡錦濤に続いて、独創的な考え方を提起しなければならない。しかし、習近平は会議での演説など、自らが述べた内容を党内で学習させているものの、それらの内容には今のところ独創的なものは見られない。

習近平が強調しているものに、「四つの全面」というキーワードがある。これは、「全面的に小康社会を建設する」「全面的に改革を深化する」「全面的に法により国を治める」「全面的に厳しく党を治める」の四つからなっている。この四項目は、習近平が総書記に就任する前から共産党が目指すべきものとして掲げられてきており、目新しい内容はない。中国でスローガンが掲げられる時には、掲げられた内容が現実を逆に表現している場合が多い。「四つの全面」は、四項目が全面的に実現されていないことを示している。

「全面的に小康社会を建設する」の「小康社会」とは、「比較的ゆとりのある生活状態を実現した社会」の意味で、改革開放に踏み切った鄧小平が、中国の目指すべき社会として提起した。鄧小平は改革開放の初期に「今世紀（20世紀）末に、中国に小康社会を打ち建てる」ことを目標として示し、小康社会の目安として「1人当たり国民総生産（GNP）が800ドルに達すること」を挙げた。2000年の時点で、中国の1人当たり国内総生産（GDP）は854ドルと、鄧小平の示した目標は達成している。

格差の拡大で「全面的な小康社会」は遠く

「全面的に小康社会を建設する」目標は、鄧小平の示した「小康社会」をさらに発展させたものである。中国共産党は、20年のGDPを2000年の4倍に拡大する目標を掲げており、これが達成できれば、その時点で1人当たりGDPは3000ドルを超え、中所得国の仲間入りをすると予測している。

中国の都会では、既に高級マンションに住み、高級外車を乗り回す富裕層が出現し、一時期より勢いは衰えたものの、日本に家電や化粧品を「爆買い」に来る観光客も多い。こうした都会の経済発展を見ていると、「なぜ、今さら小康社会を目指すのか」と考えてしまう。しかし、中国の人口の半分が住む農村では、まだまだ都会の生活水準とは程遠い貧しさの中に置かれたところがたくさんある。中国が「全面的な小康社会」になったと言えるためには、豊かさを全国に行き渡らせる必要がある。

習近平は、人口の5パーセントを占める貧困層を貧困から脱却させることを、16年からの第13次5カ年計画の重点に置いている。貧困解決の必要性は、これまでも叫ばれてきたが、習近平は「精準扶貧」という言葉で、脱貧困政策の独自性をアピールしている。「扶貧」は貧困脱却のことで、「精準」は、一律な方法ではなく、その地の実状に応じた適切な方法によって実施していくことを意味している。ただ、広大な中国では、経済発展に取り残されて貧困地域となっているところは、それぞれ発展の波をつかめない理由があり、それに応じて対策を採っていくといっても容易なことではない。

中国では、一部の富裕層に富が集中する原因の一つに、給料以外の所得から個人所得税がきちんと徴収されておらず、相続税もないなど、所得の再分配システムが構築されていないことがある。このままでは、豊かな者はより豊かになり、そうでない者はいつまで経っても豊かになれない、ということになりかねない。豊かさが行き渡った「全面的な小康社会」になるためには、まず、個人所得税の徴税をきちんとできるシステムを構築して、相続税を創設したり、不動産税を全国に広める必要がある。

現在の中国では、毛沢東時代を記憶している高齢者の間で、「毛沢東の時代は貧しかったけれど、皆が平等だったから今より良かった」という声が聞かれる。改革開放で中国は豊かになったけれど、格差の拡大は甚だしい。鄧小平は、「小康社会」を目指すうえで、「条件を持った地域が先に豊かになる」という「先富論」を提起したが、それは「先に豊かになった地域が、ほかの地域を助けて、共に豊かになる」という「共同富裕論」とセットになっていた。しかし、現実は「先富論」だけが追求されて、「共同富裕論」の実現は後回しにされてきた。富を集めた富裕層に対して、個人所得税を厳しく徴収したり、相続税を課すことなどには抵抗が強い。しかし、所得の再分配が機能するようにしていかないと、「全面的な小康社会」は、統計上の数字では実現できたとしても、内実を伴わないものになりかねない。

市場原理を歪める地方政府の行動

「全面的に改革を深化する」というと、新機軸の改革を打ち出すように感じるが、習近平が取り組んでいることは、改革開放の中で持ち越されてきた課題ばかりである。習近平は

「供給側の構造改革」を推進する、としているが、その柱は鉄鋼産業と石炭産業の過剰生産能力の解消である。この問題は、リーマン・ショックの前から指摘されていたが、リーマン・ショックを受けた大型景気対策で、構造改革は先送りされてしまった。特に粗鋼生産量で世界の半分を占めながら、日本の粗鋼生産量をはるかに上回る過剰生産能力を抱え、国内で消費しきれない鋼材を大量に輸出している鉄鋼産業の問題は、日米欧の鉄鋼メーカーにも影響を与え、国際問題になっている。

経済政策の元締めである国家発展改革委員会は、鉄鋼と石炭の過剰生産能力を削減するために、削減目標を地方政府に割り当て、目標達成がはかばかしくない地方を呼び出して圧力をかけるという、行政的手段に乗り出した。ところが、市場経済化で製品価格は需給を反映するために、炭鉱の閉鎖が相次いで石炭価格が高騰すると、今度は操業日数の制限を緩和するといった対応に追われた。

過剰生産能力の問題を招いたのは、地元の雇用と税収を優先して、赤字企業に補助金を出して存続させる地方政府のあり方である。本来、製品価格だけでなく、企業の存続にも市場原理が貫徹されていれば、生産能力の過剰でつくりすぎた製品の価格が下落して採算が悪化した場合、競争力の劣る企業は淘汰されるはずである。ところが、地方政府の補助金が企業の存続にかかわる市場原理を歪めてしまった。「供給側の構造改革」の中で、淘汰することが強調されている、赤字を垂れ流しながら地方政府の補助金と銀行融資で生きながらえている「ゾンビ企業」の問題も、根っこは同じである。

このように、改革に歪みをもたらしている地方政府の政策は、どうして改まらないのであろうか。日本の県にあたる中国の省は、欧州の一国と同規模の人口と面積を持ち、そのトップとなれば、大きな権限を持っている。その上、問題は、中国では地方のトップを務めることが中央での出世の条件になっていることにある。中央での出世を目指す地方のトップらは、在任中に評価される成績を残そうと、必死になる。その際、評価基準として分かりやすいのは経済成長率である。高度経済成長の時期に環境問題が浮上した際には、環境関連の成績を幹部評価の基準にするべきだ、との議論もあったが、結局は経済成長率が重視されている。このため、地方政府のトップは経済成長率を低下させる要因になる構造改革には、どうしても消極的になる。

中国には、地方にも中央にも国民が政治家を選ぶ、日本など民主主義国のような選挙がない。役人や政治家は、国民の目ではなく、常に中央からどう見られているか、共産党のトップからはどう見られているか、を意識して行動する。この体制が改まらない限り、地方政府が市場原理を歪めてしまう行動も改まらない。

中国共産党は17年7月、重慶市トップの党委員会書記を務めていた孫政才を「重大な規律違反」で取り調べている、と発表した。重慶市は北京、上海、天津と並ぶ直轄市で、孫政才の前任の薄熙来《はくきらい》は汚職で摘発され無期懲役の判決が出ている。孫政才は25人いる中央政治局員の一人で、将来は習近平の後継者に上り詰める可能性もある、との見方もあった。しかし、中央規律検査委員会の巡視組が重慶市に入り、孫政才のもとで重慶市では「薄思想の一掃が不十分である」と厳しい評価がされていた。孫政才の後任には、貴州省の党委員会書記であった陳敏爾《ちんびんじ》が就任した。陳敏爾は習近平が重点政策とする貧困撲滅に沿って、自ら貧困地域を訪れるなど、習近平に忠実な姿勢を示している。この人事は、習近平が「反腐敗」を旗印に、地方幹部の人事を自分の思い通りに進める権力を示したものである。自らに忠実なものを要職につけるとともに、いつでも「反腐敗」によって失脚する可能性を見せつけて、党内で自らのカリスマ性を高める狙いである。

しかし、このような恣意的な人事には、もとより地元住民の民意は反映されていない。日本や欧米のような選挙がない中国では、地方トップの人事は権力闘争の一環でしかなく、その結果、地方の政策も人事の結果に左右される。

マクロ政策と金融監督の改革は道半ば

中国では、改革開放の時期を通じて、「経済のマクロコントロールを改善する」ことが目標に置かれてきた。改革開放に踏み切る前の計画経済の時代には、5カ年計画の初めの時期にさまざまなプロジェクトが動き出して経済が過熱に向かい、計画の半ばから終盤にかけて過熱した経済を落ち着かせるために調整政策がとられ、プロジェクトの多くが休止する、といったサイクルを繰り返した。

改革開放の初期には、金融による経済の調節機能がまだ整わず、財政規模を通じて公共事業を拡大したり縮小したりして景気をコントロールしていた。計画経済時代とあまり変わらない経済運営であった。中央銀行である中国人民銀行から中国工商銀行などの四大国有商業銀行が分離して、企業への資金供給が計画経済時代の財政資金の供給から銀行融資に変わると、人民銀行は金利と、商業銀行から強制的に預かる預金の比率である預金準備率を通じた金融調節に乗り出した。人民銀行の金融調節は当初、商業銀行の預金と貸出の金利を直接、人民銀行が決める方式であった。預金と貸出の金利の差である利ざやを一定の幅で確保することで、商業銀行の利益を保証する仕組みであった。

やがて、商業銀行の間でも競争を促す目的から、人民銀行は預金と貸出の「基準金利」を決め、商業銀行が実際に預かったり企業に貸し出す際の金利は、基準金利から一定の幅の中で各銀行が決められるようにして、この幅を段階的に広げていった。そして、現在では、人民銀行は預金と貸出の基準金利を提示するが、基準金利は参考にするだけで、実際の預金と貸出の金利は商業銀行が自由に決められるようになった。金利の自由化を実現したわけである。

人民銀行は、金利の自由化に伴い、金融調節の手段を上海での銀行間取引金利を間接的に誘導する方法へと変える考えを示している。しかし、まだ具体化しておらず、人民銀行の金融調節の改革は実現途上である。

中国の通貨である人民元は、16年10月に国際通貨基金（ＩＭＦ）の特別引出権（ＳＤＲ）を構成する通貨に採用された。人民元はドル、ユーロ、円、ポンドに続いて五番目のＳＤＲ構成通貨になり、ＩＭＦによって国際通貨のお墨付きを得た。人民元のＳＤＲ構成通貨入りは、ＩＭＦが人民元の自由な取引に向けた改革を評価した結果であるが、人民元の取引にはまだ規制が残っている。人民元は現在、「管理変動相場」によって取引されている。人民銀行は毎朝、その日の取引の中心となる「基準値」を提示し、相場は「基準値」から上下それぞれ2パーセントの範囲内で変動が認められている。「基準値」は複数の通貨による通貨バスケットを参考にする、とされているが、通貨バスケットの構成通貨や、その比重は明らかではない。

人民銀行は将来、人民元を完全な自由取引のできる国際通貨にすることを目指しており、それには「管理変動相場」から完全な変動相場への移行が必要である。しかし、そうなると、投機資金の流出入が激しくなることが予想されるため、それに備えて金融システムを盤石にしておく必要があるが、まだ、そのメドは立っていない。

中国では、富裕層が貯め込んだ資金や、景気減速を受けた金融緩和で供給された大量の資金が、不動産市場に流れ込んで局地的なバブルを引き起こしている。こうした資金が成長性のあるベンチャー企業などに流れるための金融仲介機能が働いていない。国有商業銀行はリスクを取ってベンチャー企業に貸し出すための審査能力が十分でないため、融資は国有企業に偏っている。一方で、あふれるマネーを運用する金融商品が豊富でないため、富裕層の資金は高利回りをうたった理財商品など、銀行監督当局の監視が行き届かない「影の銀行」に流れていく。中国の金融部門は、マネーをうまくコントロールできず、マネーに振り回されるようになっている。金融監督体制が銀行、証券、保険の三部門で縦割りになっており、部門をまたぐ監督ができないのも、問題である。あふれたマネーの一部は高利回りをうたった保険商品にも流れ込むが、こうした資金を運用する保険会社が証券取引に投資している場合など、縦割り行政が監視の限界を招く。大きな伸びを示しているインターネット通販で決済に使われるアカウントは、銀行監督の対象に入って把握されているのか、不透明である。中国の金融部門は、経済規模の拡大と、ニュービジネスの台頭に対応した機能を整えるために、たくさんの課題を背負っている。

17年7月に開いた5年に一度の全国金融工作会議は、通常は首相が主催するところを習近平が出席し、自ら、銀行、証券、保険の三部門に分かれている監督部門の情報を共有する「金融安定発展委員会」を設けることを表明した。しかし、もともと監督部門が分かれて縦割りであることから、分野をまたぐマネーの監督ができていないところが問題であり、監督部門の統合が議論されていた。新たな委員会が情報を共有できても、委員会に監督部門を動かす権限があるのか不透明で、実効性は不明である。銀行、証券、保険の三部門とも既得権益が巨大になっており、監督権限を一元化するのに抵抗があったのかもしれない。習近平は、会議への出席で自らの指導権を誇示したい狙いがあったとみられるが、成果は大きくなかった。

「全面的に改革を深化する」には、市場原理を歪めている動きを排除して市場原理を貫徹し、市場の資源配分の機能を十分に発揮させるとともに、市場を適切に管理・監督できる体制を整える必要がある。

法律よりも「規定」がものを言う中国社会

「全面的に法により国を治める」とのスローガンは、現実と真逆である。習近平は自らの権力を固めるために「反腐敗」を推し進めているが、腐敗の摘発は法律によってではなく、常に「重大な規律違反」が罪名になっている。賄賂を受け取っていない役人や政治家はいない中国で、誰が摘発されるかは、収賄額などの客観的な基準があるのではなく、習近平が頼りにする王岐山（２０１７年10月に退任）をトップの書記とする中央規律検査委員会（中規委）に、にらまれた者が摘発されることになる。習近平に忠誠を誓わせるための恐怖政治である。

「反腐敗」の摘発は、常に「ある日突然」である。外国報道機関を驚かせたのは、国家統計局長を務めていた王保安の例である。王保安は16年1月19日に発表された15年の中国のGDP統計について、内外の記者の質問に答えていた。ところが、その日のうちに「重大な規律違反」の罪で逮捕されてしまった。摘発されるのは役人ばかりではなく、企業関係者にも及ぶ。日本企業の中にも、合弁相手の中国側のトップが、ある日突然いなくなり、誰を相手に経営の話をしたらよいのか分からず、困った事例がよくある。

国のトップが法ではなく、自分の権威に頼って国を治めているという、法治ではなく「人治」の国であるから、国民に法律を守ろうという意識は生まれない。

中国でも近年、経済関係の法律を整備する動きが活発で、独占禁止法も運用されている。中国の独占禁止法は、中国国内で事業を展開する海外企業にも適用され、しかも、その運用は厳しい。多国籍企業が、グローバルな企業戦略に基づいて他の多国籍企業と事業を統合したり、合併したりする場合、その企業が中国国内で事業を展開していれば、中国当局に独占禁止法に基づいて申請して認可されなければならない。これまでに、統合や合併が自国の法律では問題なかったにもかかわらず、中国当局によって却下されたために断念せざるを得なかった例がある。海運業界でコンテナ船世界最大手のマークス（デンマーク）は、13年に同業のCMA CGM（フランス）、MSC（スイス）との三社で提携することで合意したが、中国の独占禁止法当局が提携を認めなかったため、断念した。

しかし、「強い中国」を目指す習近平の肝いりで中国北車と中国南車の二大鉄道車両メーカーが合併して中国中車が誕生した例では、中国国内の市場占有率が100パーセントになるのに、独占禁止法をめぐる議論はなされなかった。海外での鉄道車両の受注競争で安値競争になるのを避けることを優先して、独占には目をつぶった。海外企業には厳しく運用される法律も、国内企業には運用されないのである。

中国では法律よりも「規定」がものを言う。「規定」とは、事業単位などが独自に決めるもので、金銭が関係する相手にも適用される。例えば、1980年代後半に、北京の老舗ホテルである北京飯店に車で出かけ、ホテル内の駐車場に車を停めると、ある日突然、以前の倍の駐車料金を請求される。「おかしいではないか」と抗議すると、「これは我々の規定だ」との答えが返ってくる。「規定」は見ることができない。しかし、「規定だ」の一言で有無を言わさず押し切られる。海外企業が中国で雇用する中国人に対して企業が負担する社会保険料なども、「規定」で決められ、ある日突然変更されることもある。最近、中国では国内企業の事業コストが高くて競争力が低下していることが議論されている。事業コストの中には、人件費や税金も含まれるが、議論の焦点は、企業がいろいろなところから要求される「費用」が高すぎる、という点にある。こうした「費用」も「規定」によって払わされる。明文化された法律と違って「規定」は、非常に不透明な存在であるが、中国は法律よりも「規定」が幅を利かせる国なのである。

日本人の間では、中国から日本を訪れる観光客が「爆買い」する時に、列に並ばないから中国は嫌いだ、という人がいる。確かに、中国は法と秩序が守られない国ではある。ただ、そこには、文化大革命の大混乱の中で、徹底して秩序が破壊された影響もあるのではなかろうか。日本のシンクタンクで長い間、調査研究に携わっている中国人研究者は、「中国にはルールがない。あるのは弱肉強食のジャングル・ルールだ」と言う。

巨大な利権を握りどこからもチェックされない共産党

「全面的に厳しく党を治める」とは、共産党が腐敗にまみれていることの裏返しの表現である。権力は腐敗する。これは、どの国でも同じである。しかし、民主主義の国では、腐敗した政党は選挙によって国民から拒否され、政権交代が起きる。また、三権分立がきちんと機能していれば、権力の行使は司法のチェックを受ける。立法機関においても、政府の行動は、選挙によって選ばれた議員によって是非が議論される。ところが、共産党の一党独裁のもとにある中国では、選挙によって政権が交代することはないし、共産党があらゆる分野を指導する体制では、立法機関である全国人民代表大会（全人代）も、司法機関も、ともに共産党の意向に従う機関であり、共産党に対するチェック機能は働かない。報道機関が「党の喉と舌である」とされる中国では、もともとマスコミによる権力のチェックも働きにくかった上に、習近平は言論統制を強めており、共産党に対する批判はできなくなっている。

中国の経済規模の拡大と、民営企業などの経済主体の多様化に伴って、許認可などを通じた共産党の利権は巨大になっており、腐敗の糸口はあらゆる分野にわたる。本来、腐敗をチェックする役割を担うはずだった中規委は、習近平が自らの権威を高めるための「反腐敗」に利用されて、習近平に私物化されてしまっている。「反腐敗」を手段にした習近平の恐怖政治は、党幹部に習近平への忠誠を誓わせる一方で、代償も大きい。いつ自分が摘発されるか分からない状況の中で、幹部らは習近平への忠誠を誓って、何事も起こらないのが一番だと、様子見を決め込んでいる。習近平自らが認める幹部の不作為が共産党内に蔓延している。

共産党が何から何まですべてを決める、三権分立の機能しない体制では、意思決定が速い場合がある。東京で取材している中国の報道機関の駐日記者は、日本の国会の会期が長すぎることを指摘して、中国の全人代は1年に一回、ほぼ一週間の会期で必要な立法を済ませている、と言う。共産党の決定だけで、すべてが動く体制は、確かに速さがある。ただ、その裏に、議論がなされていないことによるリスクもはらんでいる。２００８年のリーマン・ショックが起きた際、中国がいち早く決めた2年で4兆元の大型景気対策は、予算の計上など、民主主義国であれば立法府で必要な手続きが一切必要なかったため、決定から実行に移されるのが速く、景気はV字形回復を果たした。しかし、景気対策の大半を地方政府の負担にしたため、地方政府は傘下の資金調達会社を通じて多額の負債を抱え、投資したプロジェクトの中に採算が悪くて返済不能となるものもあって、負債返済のための新たな資金調達で銀行監督当局の監視が届かない「影の銀行」が膨張するという、金融面での問題も生んだ。民主主義の国であれば、時間はかかっても、景気対策の財源は確かか、プロジェクトの採算性は大丈夫か、というところまで議論されてから実行されるので、このような問題は起きにくい。

「反腐敗」で独裁体制を手に入れた習近平

毛沢東は「大躍進」の過ちを諫めた彭徳懐を切り捨てた。それに対して、共産党内からは何も異論が出なかった。中国共産党は鶴の一声ですべてが決まる「一言堂」の体制になってしまった。習近平も「一言堂」の体制を築いている。ただ、毛沢東は中華人民共和国を樹立したという、誰にも否定できない功績によって手にしたカリスマ性を頼りに「一言堂」を実行した。もともとカリスマ性を持っているわけではない習近平は、「反腐敗」という恐怖政治によって共産党内で自らへの忠誠を誓わせることによって「一言堂」を手に入れた。今や、彭徳懐が毛沢東を諫めたように、習近平に忠言を聞かせることができる人物はいない。習近平以前の共産党トップのもとでは首相が兼ねていた、経済政策の決定部門である中央財経領導小組の組長を習近平自らが兼ね、経済から内政、外交まですべてを人任せにできない習近平は、あらゆる政策で常に正しい選択をしなければならない。

毛沢東は「大躍進」が挫折した後、国家主席の座を譲った劉少奇が調整政策を進めると、社会主義を後退させるものだと見て、文化大革命を発動して劉少奇を打倒した。文化大革命で毛沢東の個人崇拝を利用して毛沢東の後継者に指名された林彪は、共産党を乗っ取る野望を抱いてクーデターを画策したが、失敗して逃亡の途上で墜落死した。毛沢東は後継者の選定に失敗したのである。

毛沢東の死後、主導権を握った鄧小平は、毛沢東が林彪亡き後に後継者に指名したとされる華国鋒を辞任させると、胡耀邦を後任に据えたが、民主化運動への対応をめぐって胡耀邦を辞任させて趙紫陽に交代させた。しかし、趙紫陽も天安門事件で失脚し、鄧小平は民主化運動に絡んで二人のトップ指名に失敗した。鄧小平は代わりに江沢民をトップに引き上げ、江沢民の後継には胡錦濤を指名して世を去った。鄧小平亡き後、初めてカリスマの指名なしでトップの座に就いた習近平は、経済は改革開放政策で発展させるが、共産党の一党独裁だけは守り抜き、民主化は認めないという鄧小平の路線を忠実に守っている。

どの国でも権力闘争はある。ただ、民主主義の国では、権力闘争は政権交代をかけて政党間で争われるが、一党独裁の中国では、共産党内の後継者争いとなって現れる。自らがカリスマの指名なしで権力の頂点をつかみとった習近平は、自らがカリスマとなって後継者を指名したい。そのために「反腐敗」をテコにした恐怖政治で党内に自らへの忠誠を誓わせ、自らを毛沢東、鄧小平、江沢民と並ぶ「核心」と位置づけさせることに成功した。

ＡＩＩＢと「一帯一路」をレガシーにしたい習近平

改革開放政策が定着して共産党内の誰も、現在の路線が社会主義の理想に反する、などと言うことはなくなった。共産党自体が巨大な既得権益集団に変貌したからである。習近平は、毛沢東がしたように、文化大革命のような大衆運動を発動する必要もない。毛沢東は「大躍進」と文化大革命の過ちがあるものの、中華人民共和国の樹立という、レガシー（遺産）を残したから、功績第一と評価された。習近平にとってカリスマとなるために必要なのは、同じぐらい、誰にも否定できないレガシーを残すことである。

しかし、改革開放政策を経て、中国国内の経済は大きく変貌した。独創的でレガシーとなる政策を打ち出すのは難しい。そこで、習近平が打ち上げたのが、アジアインフラ投資銀行（ＡＩＩＢ）の創設と、欧州と中国を陸路と海路で結ぶ「現代のシルクロード」と呼ばれる「一帯一路」構想である。ＡＩＩＢへの参加には、日米が慎重な姿勢を見せている中で、英独仏伊の欧州主要国が相次いで参加を決め、習近平は得点を稼いだ格好になった。「一帯一路」構想では、習近平自らが参加して17年5月に北京で初の「一帯一路国際会議」を開いた。習近平は参加したスイスやチェコ、ハンガリーなど欧州各国やベトナム、モンゴル、パキスタン、ウズベキスタンなどアジア各国やロシアの首脳と相次いで会談し、外交面での自らの存在感をアピールする場になった。中央テレビのサイトには、「世界の舞台での習近平」と題して、習近平が中央アジアを訪問した折や、ダボス会議に出席した際の「一帯一路」に関連した演説を動画で紹介した。

注目されるのは、「一帯一路国際会議」に合わせて、米国がこの構想を重視すると表明し、会議に米国の代表を送ったことである。これは、同年4月の初めてのトランプと習近平との米中首脳会談での米国側の貿易不均衡の是正要請を受けて、中国側が米国からの輸入拡大策を打ち出したこととセットになっている。中国は米国産の牛肉と液化天然ガス（LNG）を輸入することを表明した。米国からの新たな輸入は、中国にとってはさほど痛みを伴わないものである。米国産の牛肉は、中国の消費者が食事で高級志向を強めていることから、需要が見込める上、中国の畜産業においては豚肉の飼育が中心で牛肉の生産は少ないため、農家への打撃は少ない。LNGは、北京などの都市の大気汚染が深刻化する中で、クリーンエネルギーとして注目されており、中国としても供給源を増やしたかった。

今回の、米国からの輸入促進策は、中国にとって、比較的実行しやすいところから成果を示すことができたと言える。それと引き換えに、米国を「一帯一路」構想に一歩引き込んだことは、習近平にとって大きな成果であった。多くの関係国の首脳を招き、各国のマスコミを通じて世界に報道された国際会議によって、習近平が提唱した「一帯一路」の認知度は高まった。ただ、華やかな舞台で習近平が演説したその日に、北朝鮮は、この会議に代表が招かれていたにもかかわらず、ミサイルを発射して習近平の面子をつぶした。北朝鮮は、習近平の思い通りに国際舞台で脚光を浴びてばかりはいられないぞ、ということを示した格好になった。習近平がレガシーを残していくのは、それほど簡単ではなさそうである。

第9章 カリスマ目指す習近平

党大会で5年間の成果を自画自賛

中国共産党は2017年10月18日から24日まで第19回党大会を開いた。5年に一度開く党大会は共産党の重大政策を決め、中央委員から政治局員、さらに政治局常務委員へと連なる階層の最高指導部を選出する重大な行事である。共産党の一党独裁のもとでは、中国の進路を左右する会議でもある。

中国14億人の頂点に立つ共産党総書記は慣例として2期10年務めることになっており、前回第18回大会で、毛沢東や鄧小平というカリスマの指名なしで初めて最高権力を握った習近平にとっては、折り返し地点で迎える初めての党大会となった。

今回の党大会は、習近平にとって初めての党大会における報告で、どのような政策が打ち出されるか、そして「反腐敗」をテコに急速に権力を固めた習近平の政治理念が党規約にどのように盛り込まれるか、また、ポスト習近平を見据えて最高指導部の人事がどうなるか、の3点が焦点になった。

習近平は報告で、総書記に就任して以来5年間の成果を列挙した上で、「長い間解決しようと思って解決できなかったたくさんの難題を解決し、過去に成し遂げようと思って成し遂げられなかったたくさんの大事を成し遂げ、党と国家の事業に歴史的な変革を推し進めた」と胸を張った。党大会では、ひな壇に前任者の胡錦濤と、その前の総書記であった江沢民が座っていた。その二人を前にして、習近平が述べた自画自賛の言葉は、自らが歴代の党トップより優れていると言わんばかりのものであった。しかし、過去にできなかったが、習近平が成し遂げたことが何かというのは、具体的に示されなかった。

習近平が自慢したかった成果には、例えば経済では、鉄鋼などの産業の過剰生産能力の解消があるかもしれない。鉄鋼などの過剰生産能力はかねてから指摘されていながら、胡錦濤の在任中に起きた08年のリーマン・ショックに対応した2年で4兆元の景気対策によって解消が先送りされていた。習近平は確かに、この問題に対して、「供給側の構造改革」と称して解消に向けた取り組みを始めた。しかし、過剰生産能力は解消されたわけではない。習近平の報告は、5年間の総括の段階から誇張された自画自賛で始まった。

今世紀半ばに「社会主義近代化強国」を築くと表明

習近平は報告で、中国のバラ色の未来を描いて見せて、これまでの党トップに対して独自色を演出した。習近平の未来図は2段階になっていて、まず20年から35年にかけて、「全面的に小康社会（ややゆとりのある社会）を建設した基礎の上に、さらに15年奮闘して、社会主義の近代化（中国語では「現代化」）を基本的に実現する」という。その時点では「我が国の経済と科学技術の実力は大幅に躍進して、イノベーション型国家の前列に立っている。法治国家、法治政府、法治社会が基本的に建設され、国家の文化ソフトパワーは顕著に強まり、人民の生活はさらに裕福になり、中間所得層の割合が目に見えて高まり、都市と農村の発展の格差と住民の生活水準の格差が著しく縮小する」と述べている。

中国では、指導者の演説や重要文書を読み解く時に、そこに示されていることを逆に読

む と現状の課題が分かりやすいことが多い。習近平が示した35年段階の理想図の中で、「法治国家、法治政府、法治社会が基本的に建設される」というくだりは、現在が法治国家ではないことを明らかにしている。「中間所得層の割合が目に見えて高まり、都市と農村の発展の格差と住民の生活水準の格差が著しく縮小する」というのは、現在は都市と農村の格差や住民の間の貧富の格差が大きく、中間所得層が十分に育っていないことを認めていることになる。そして、報告では、こうした課題が解決された理想図を描いているが、どのようにして課題を解決していくのか、その道筋は示されていない。

習近平は、さらに進んで、35年から今世紀半ばまでに、「基本的に近代化を実現した基礎の上に、さらに15年奮闘して、我が国を富強で民主的な文明の、調和のとれた美しい社会主義近代化強国にする」と述べた。その時には、「我が国の物質文明、政治文明、精神文明、社会文明、生態文明は全面的に向上して、国家の統治体系と統治能力が近代化して、総合国力と国際的な影響力で先頭を行く国家になる。人民すべてがともに豊かになる（共同富裕）ことを実現して、中華民族は世界の民族の中で屹立《きつりつ》する」という。

この理想図は「社会主義近代化強国」がキーワードになっている。社会主義の原則を堅持した上で、「近代化した強国」になるわけである。理想図が「近代化した」ものであることは、現実は近代化されておらず、時代に後れをとっていることを意味する。物質文明のほか、合わせて5つの文明が向上する、としているが、これは、物質的な面のほか、政治、精神（思想）、社会、生態（環境）の面でも後れたところがあることを認めていることになる。

未来に自分の名前が語り継がれることを狙う

「強国」という言葉は、この部分のほか、報告の随所で使われている。中国では、「大国」と「強国」が区別して使われている。「大国」は「経済大国」であれば、単に経済規模が大きいことだけを指すのに対して、「強国」は、その分野で他国をしのぐ強い競争力を持つことを意味している。中国共産党が「強国」を目指すことをアピールする背景には、1840年からのアヘン戦争以降、欧米列強の侵略を受けて屈辱の歴史を刻んできたことに基づく強い民族意識に訴える狙いがある。「中華民族は世界の民族の中で屹立する」というくだりは、まさに民族意識を鼓舞するものである。習近平は総書記に就任して以来、一貫して「中華民族の偉大な復興」をスローガンに掲げている。習近平のもとで、中国共産党は民族主義的な色彩を強めている。

今世紀半ばまでの未来図で、「国家の統治体系と統治能力が近代化」するとしているのは、現在の統治体系や統治能力が後れていることを認めたものである。さらに第1段階に続いて、ここでも「共同富裕論」の実現が描かれており、現実には所得格差が大きいことの裏返しになっている。

中国共産党のトップは慣例で2期10年が任期になっており、折り返し地点での党大会の報告では、自らの残る5年の任期で目指す目標を示すのが普通である。習近平が自らの任期の2022年を大きく超えて35年まで、さらに今世紀半ばまでの未来図を示したのは、なぜだろうか。そこには、中国の経済規模が日本を超えて米国に次ぐ世界2位となり、すでに「大国」となった中で、さらに将来の目標を示すことで共産党の求心力を維持する必要がある、という事情もあるだろう。しかし、それ以上に、これまでの党トップをしのぐカリスマとなることを目指す習近平が、将来にわたって自分の名前が語り継がれる未来図を示そうとした狙いがあると思われてならない。

中国共産党が、ほぼ実現に近づいたととらえている「小康社会」は、鄧小平が2000年までの目標として示したものである。これは国民の所得が世界の中所得国に並ぶことを目指すもので、中国が物質的にまだ豊かでなかった鄧小平の存命中には、豊かな社会を目指す目標として国民の労働意欲を引き出した。鄧小平というカリスマがいない現在、物質的な豊かさが感じられるようになってきた中で、さらに将来の目標を掲げることは、鄧小平に次ぐカリスマとなる可能性を持つことになる。

ただ、鄧小平の示した「小康社会」は、1人当たり国民総生産という具体的な数値目標があったのに対して、習近平の「社会主義近代化強国」という未来図は、総花的で抽象的な感じが否めない。この未来図が共産党の求心力を高めて、国民に受け入れられ、習近平をカリスマに押し上げるかどうかは不透明である。

一党独裁を貫く姿勢を明確に

習近平は報告で、バラ色の未来図を描く一方で、共産党の一党独裁を貫く姿勢を明確にした。その中で習近平は「人民が法に基づいて民主的な選挙をすることを保証する」としている。しかし、これは現在でも国会にあたる全国人民代表大会（全人代）の代表を選出する際などに行われている選挙のことで、候補はあらかじめ共産党が指定して、共産党に反対する人が当選するようなことはない。誰でも立候補できる日本や欧米の選挙とはまったく違う。

習近平は「世界にはまったく同じ政治制度のモデルはなく、政治制度は特定の社会政治条件と歴史、文化の伝統を離れて抽象的に定めることはできず、外国の政治制度のモデルを機械的にまねることはできない」と述べて、西側の自由な選挙に基づく民主政治を中国で実現することを明確に否定した。この考え方は、経済制度は西側のものを取り入れるが、政治制度は西側の模倣はしない、という姿勢を貫いた鄧小平のものを踏襲している。

習近平の報告では、「党のすべての工作(仕事)に対する指導を堅持する」と言い切っている。共産党は中央と地方の政府をはじめ、あらゆる事業体や企業においても、その組織の長よりも、その単位の共産党幹部が上に立つ体制をくまなくつくりあげている。報告は、こうした独裁体制を変更する意思はないことを明確にした。同時に、共産党が「政治意識、大局意識、核心意識、同じ方向を見る意識を強め、自覚的に党中央の権威と集中的、統一的な指導を擁護し、自覚的に思想上、政治上、行動上で党中央と高度な一致を保たなければならない」と述べた。この中で、「核心意識」とは、自らを指導者の中でも別格の存在を意味する「核心」と呼ばせていることに基づく言葉で、自らへの忠誠を求めている。しかし、報告で改めて党中央と習近平への忠誠を強調しなければならないことは、現実には党員の中に中央や習近平への忠誠心が浸透していないことの表れととれる。

習近平は報告の初めの部分で、「初心を忘れるな」と訴え、「中国共産党の初心と使命は、中国人民の幸福を目指し、中華民族の復興を目指すことにある」とした。毛沢東の名前は出さなかったが、共産党が１９２１年の結党以来、封建主義や外国の侵略に対して、農村から都市を包囲するという戦略で新中国の成立を勝ち取った歴史を振り返った。しかし、建国後に毛沢東が「大躍進」運動や文化大革命を発動して中国を大混乱に陥れた歴史や、民主化運動を武力で鎮圧した天安門事件には、当然のことながら触れなかった。習近平がわざわざ結党以来の歴史を持ち出して「初心を忘れるな」と訴えた背景には、70年代末に鄧小平の主導で改革開放に踏み切って以来の高度経済成長で国が豊かになる中で、毛沢東が「人民に奉仕する」と訴えた共産党の精神的な規範が薄れていることへの危機感がある。

どこからもチェックされない共産党の構造が腐敗を生む

習近平が自らの権威を高めるテコにしてきた「反腐敗」については、「反腐敗闘争の圧倒的な勝利を勝ち取る」として、運動を継続する決意を示した。「腐敗は我が党が直面する最大の脅威だ」との認識を示す一方、「反腐敗闘争の情勢は依然として厳しく複雑だ」と述べて、党内に腐敗がはびこりながら、摘発を逃れようとする動きも根強いことを示した。「反腐敗」運動の進め方では、「タブーを設けず、(腐敗を) すべて認めない」として、「断固として党内に利益集団が形成されるのを防ぐ」と述べた。これは、引き続き最高指導部も含めて腐敗を摘発していく決意を示すとともに、腐敗が個人レベルに限らず、集団的に浸透していることを示唆したものである。習近平は「反腐敗」に関する国の立法を推進するとも述べた。これは、現在の「反腐敗」が法的な根拠なしに実行されていることを認めたことになる。

「反腐敗」は、中国共産党と、その頂点に立つ習近平のあり方を象徴的に示している。「党が一切を指導する」中国では、行政、立法、司法の三権分立は機能しない。国会にあたる全人代は、共産党が認めた代表によって、共産党が指導する政府の政策を事後承認して、司法においては裁判官も共産党が認めた人物しかなれない。「反腐敗」で摘発された党官僚などの裁判が典型的であるが、判決は共産党の意向に沿って決められる。中国では本来なら権力をチェックする役割を担うマスコミも、「党の喉と舌」とされて、共産党を批判することは許されない。共産党をチェックして批判する存在はないのである。

こうした体制のもとで、高度経済成長を続けた中国では、共産党の利権は巨大なものになっている。法治ではなく、「人治」がまかり通り、さまざまな競争のルールが定まっていない中国では、賄賂が社会生活の隅々にまで定着している。例えば、良い学校を出なければ就職に有利とならない状況の中で、子供をより良い学校に進学させるために、親は先生に袖の下を渡すのは当たり前になっている。その結果思うような学校に進めないと、親は、渡した金額がほかの生徒の親より少なかったのか、と悩むような社会になっている。

このように腐敗が定着した世の中で、摘発される共産党員は、たまたま中央規律検査委員会（中規委）に、にらまれたからにすぎない。賄賂をもらっている党員は摘発を逃れたいと、習近平に忠誠を誓わざるを得ない。習近平は「反腐敗」という恐怖政治を武器に、カリスマの指名なしで手にした最高権力を固めてきた。腐敗があるからこそ権威を高めることができるという、共産党と習近平の皮肉な構図である。

国民は、習近平の総書記就任当初は、大物政治家の「反腐敗」による摘発に対して、「我々のためによくやってくれている」と喝采を送った。しかし、習近平が共産党の宣伝を強化する中で、国民が楽しみにしている娯楽番組までが共産党の宣伝一色になって、

「これでは独裁ではないか」と反発が強まっている。習近平の「反腐敗」の神通力がいつまで保たれるかは不透明である。

「世界一流の軍隊」をつくると宣言

中央軍事委員会主席を兼ねる習近平は、党大会の報告で、人民解放軍の近代化についても未来図を提示した。「世界の新軍事革命の発展の趨勢《すうせい》と国家の安全の要求に応えて、2020年までに機械化、情報化建設の重大な進展を確保して、戦略能力を大きく引き上げる」として、さらに「軍事理論の近代化、軍隊の組織形態の近代化、軍事人員の近代化、武器・装備の近代化を全面的に推し進め、35年に国防と軍隊の近代化を基本的に勝ち取り、今世紀半ばには人民の軍隊を全面的に世界一流の軍隊にする」と宣言した。「世界一流の軍隊」についての具体的な説明はなかったが、軍事力の増強に強い意欲を示したことで、日本や米国の警戒を招くことになるだろう。

経済に関して、習近平の報告では、「実体経済」に重点を置くという趣旨を繰り返した。これは、投機資金が実体経済に回らず、不動産などへの投機に回っているという、中国語で言われる「脱実入虚」の動きを意識した表現である。中国は高度経済成長期に貿易黒字を積み重ね、海外からの直接投資の流入も盛んに続いた結果、世界一の外貨準備高を蓄えた。これに加えて、近年では、景気減速に対応した金融緩和によって大量の資金が市場に供給されている。こうしてあふれた資金が、本来なら成長のために資金を必要としているベンチャー企業などに回らず、不動産などへの投機に回って、局所的な不動産バブルを引き起こしている。不動産価格の高騰で、住宅を購入したくてもできないために結婚できない若者が出てくるなど、あふれる投機資金の存在は中国経済の不安定要因になっている。習近平は、その原因が金融監督の問題にあると見て、監督強化を目指している。しかし、あふれる資金が実体経済に回らない背景には、大手国有商業銀行の融資が国有企業に偏り、審査能力の欠如などから成長力のあるベンチャー企業には融資されないという構造問題がある。中国経済の現状では、中小企業向けの専門金融機関の育成やベンチャーファンドの創設などの金融構造改革を進めるべきであるが、習近平の発想は、そうした抜本的な対策に向かわず、監督強化という対症療法に限られている。

党大会での習近平報告では、「強国」というキーワードとともに、「新時代」という表現が多用された。確かに物質的な豊かさを手に入れた現在の中国では、豊かになることを目標にしてきた、これまでの時代とはさまざまな面で違いがある。習近平は、「新時代」に入っても、共産党が中国を導いていく存在であることに変わりはなく、その「新時代」の指導者は自分であることをアピールしたかった。

しかし、習近平の報告は、今世紀半ばにかけての「社会主義近代化強国」の建設という、バラ色の未来図を除けば、従来から共産党が掲げている理念や、習近平が総書記に就任してから取り組んでいる政策の集大成の域を出ておらず、全体的に新味に欠けるものであった。結局、3時間半という長大な時間を費やして読み上げられた報告は、習近平の権威の確立を誇ろうとする狙いに貫かれたものであった。

毛沢東、鄧小平に並んで習近平の名前を党規約に明記

党大会は最終日の10月24日に党規約の修正案を採択して、党員の行動規範に習近平の名前が冠された項目を書き入れることを決めた。「習近平による新時代の中国の特色ある社会主義思想」という長い名称になっている。これは中国共産党の歴史の中で、極めて異例の出来事である。

現在の党規約には、「中国共産党はマルクス・レーニン主義、毛沢東思想、鄧小平理論、三つの代表思想と科学的発展観を自らの行動規範とする」と明記されている。毛沢東思想と鄧小平理論に続く二つのうち、三つの代表思想とは、江沢民が提唱したもので、科学的発展観は胡錦濤が表明したものである。しかし、江沢民と胡錦濤の名前は冠されていない。今回、ここに習近平の名前が加わることで、習近平は共産党にとって最重要の文書である党規約に、建国の父である毛沢東と、「改革開放の総設計師」と呼ばれる鄧小平に並んで、自らの名前を後世に残すことになった。しかも、三つの代表思想と科学的発展観は、いずれも江沢民、胡錦濤がそれぞれ総書記を退任してから党規約に明記された。これは、指導者が任期を務め終えて初めて、その功績を後世に残すことができるという考え方に基づいている。習近平の場合は、この二人を超越して自らの名前を党規約に刻み、しかも、それを任期の半ばに達成した。

党規約の行動規範は、中国共産党がマルクス・レーニン主義に基づいて創設された後に、中国の実情に合った理論をつくりあげていった過程を示している。毛沢東は、「農村から都市を包囲する」という軍事戦略を編み出して新中国を誕生させた。『十大関係を論ず』や『人民内部の矛盾を正しく処理する問題に関して』などの哲学的な著作を通して、マルクス・レーニン主義の教条的な解釈にとらわれず、中国の実情に合わせて社会主義国家を建設する方途を示していった。ただ、自らが著作で示した理想とは著しく離れて急進的な集団化や階級闘争を繰り広げ、中国を大混乱に陥れた。それでも、毛沢東の著述は毛沢東思想と呼ばれるのにふさわしい体系を整えていることは間違いない。

鄧小平は、10年にわたって中国が大混乱に陥った文化大革命の収束を受けて、階級闘争を放棄して改革開放へと大きく舵を切った。経済建設を最優先する中で、「白猫でも黒猫でも、鼠を捕るのは良い猫だ」という、有名な「白猫黒猫論」に象徴される柔軟で現実的な発想に基づいて、共産党の一党独裁だけは譲らなかったほかは、経済発展のためには資本主義的な手法を積極的に取り入れた。経済特区を設けて外資を積極的に誘致し、「小康社会」という経済発展の目標も示した。世界第2位の経済大国に躍進した中国の経済成長は、鄧小平の指導力抜きには考えられない。ただ、鄧小平の場合は党規約に「理論」とされて、毛沢東の「思想」と区別された。これは、建国の父である毛沢東と並ぶ権威を鄧小平に認めることへの躊躇から差がつけられたという面と、体系的な思想と呼べる毛沢東の場合と違って、鄧小平の考え方は、より実践的で、どちらかというと「理論」と呼んだ方がいい、という判断もあったのであろう。

江沢民が提唱した三つの代表思想は、「中国共産党が先進的な生産力発展の要求を代表する」「中国共産党が中国の先進的な文化の前進の方向を代表する」「中国共産党が中国の最も広範な人民の根本的な利益を代表する」という三つから成る。このうち、重要なのは、「最も広範な人民の根本的な利益を代表する」という一節で、これによって、改革開放の中で出現してきた私営企業の経営者に、中国共産党に入党する道を開いた。労働者と農民の党として結党された共産党から見ると、個人で労働者を雇う経営者は、労働者を搾取する存在であり、長年、「資本主義の尻尾」として忌み嫌われてきた。改革開放が進む中で、中国でも私営企業が発展するようになったが、その経営者は常に「共産党に資産を接収されるのではないか」と危惧しており、中には資産を海外に逃避させる動きもあった。このため、彼らに安心して国内に投資してもらうため、経営者の入党にまで道を開くのが、三つの代表思想論の目的であった。江沢民は、これによって、労働者と農民の党というのが建前であった共産党が、国民政党へと変わっていく契機をつくった。

胡錦濤の表明した科学的発展観は、資源節約型で環境と調和した経済発展を目指すこと、中国語で「人を以て本と為す」と表現される人間本位主義を主張したことが特徴である。毛沢東の『十大関係を論ず』と似通った考え方もあるが、改革開放以来、続いた高度経済成長の中で、資源の制約や環境汚染が問題になってきたことに対応しようというものであった。ただ、08年に起きたリーマン・ショックへの対応で大型景気対策が実施されると、省エネや環境保護は後回しにされ、人間本位主義も、具体化することはなかった。

任期半ばの党規約への名前明記で強力な権力を掌握

このように、毛沢東、鄧小平、江沢民、胡錦濤と、これまで党規約の行動規範に明記されてきた内容は、すべて体系だっているか、あるいは中国の国づくりになんらかの影響や意味を与えたものであった。しかし、今回、新たに加えられることになった「習近平による新時代の中国の特色ある社会主義思想」とは、いったいどのような内容なのか、中国共産党員に聞いてみても、はっきりしないであろう。習近平の場合は、毛沢東のような論述があるわけでもなく、鄧小平のように、さまざまな発言を通して改革開放の道筋や中国の将来像を具体的に示したものでもない。江沢民と胡錦濤の場合も、文章になったものがあるが、「習近平の社会主義思想」として文章になったものはない。「新時代」の定義も明らかでない。「中国の特色ある」という枕詞は、これまで改革開放の中で、計画経済の時代にはなかった手法を取り入れる時に、それが社会主義から逸脱したものではない、ということを説得するために使われてきたものであり、いささか手あかの付いた表現という印象すらある。

このように具体的な内容の伴わない「思想」を、自らの任期途中で党規約に書き入れさせるということは、従来の共産党員の常識では考えられないことである。恐らく、鄧小平が存命していたら許されなかったであろう。しかし、それを実現してしまったところに、習近平が共産党の歴史上、かつてない権力を握ったことが明らかになった。

毛沢東は、「大躍進」の過ちを指摘した彭徳懐を排除するために、中央政治局拡大会議を開くという非常手段を採った。さらに国家主席の座を譲った劉少奇を倒すために、紅衛兵に頼って文化大革命を発動した。建国の父ですら、自らに反対したり、自らの路線を修正する者に対しては、通常の手続きを超越した手段を繰り出さなければならなかった。これに対して、習近平は、任期半ばの党大会で、反対の声を上げるのを許さない状況をつくりだして、強引に党規約に自らの名前を明記させた。毛沢東ですらできないような独裁者ぶりを示したのである。習近平は今や毛沢東をしのぐ専制君主になった、といっても過言ではないだろう。そして、そのような習近平の行動に対して、どこからも反対意見が出てこない現在の中国共産党も異様な状況にある、と言っていいだろう。

もっとも、毛沢東と習近平では時代の違いがある。毛沢東の時代は、社会主義の建設の仕方をめぐって路線の争いがあった。毛沢東亡き後、鄧小平が改革開放に踏み切ってからは、改革を積極的に進める勢力と、保守派のイデオローグとの間で、資本主義的な手法を取り入れることの可否をめぐって論争が繰り広げられた。しかし、時は流れて、今や保守派のイデオローグはこの世にいない。改革開放で経済成長が続き、共産党の内部にも、改革開放に反対する声は、もはやあり得ない。それどころか、共産党自体が巨大な既得権益集団になってしまった。こうした中で、習近平が権力を独占することへの反発はあり得ても、習近平が改革開放を進める限りは、その政策に反対する勢力は出てこない。そして、既得権益集団になった共産党に浸透した腐敗を逆手に取った「反腐敗」による恐怖政治で、習近平は自らの権力独占にも反対の声を上げさせない状況をつくった。習近平は、共産党の変質が生んだ専制君主と言うこともできるであろう。

中国共産党の第19回党大会は、習近平の「勝利のうちに閉幕します」という宣言で終了した。それは自らの権威を高めることに成功した習近平の勝利宣言でもあった。

「ポスト習近平」の総書記候補を示さず

中国共産党は、第19回党大会で選出された中央委員が引き続き10月25日に第19期中央委員会第1回全体会議（1中全会）を開き、新たな最高指導部を選出した。階層組織から成る中国共産党では、中央委員の上に政治局委員があり、さらに政治局常務委員が最高指導部を形成する。今回の指導部選出の焦点は、習近平の権力集中のテコになってきた「反腐敗」の実行部隊である中央規律検査委員会（中規委）のトップに誰が座るか、ということと、「ポスト習近平」を占う政治局常務委員の顔ぶれであった。

中規委書記を務めて習近平の「反腐敗」を支えた王岐山は、年齢が引退の内規に達したために退任した。代わって、中央組織部長の趙楽際《ちょうらくさい》が起用された。王岐山は副首相を務めたこともある経済通であるが、地方勤務も含めた豊富な経験を背景に、中規委でも習近平の意向を受けて腐敗摘発に腕を振るった。後任の趙楽際は地味な組織畑の仕事をしてきており、「虎（大物政治家）もハエ（役人）も叩く」という習近平の意向に沿った「反腐敗」を王岐山のように続行できるか未知数である。

7人で構成する最高指導部の政治局常務委員は、習近平と首相の李克強が留任したほかは退任し、新たに5人が選出された。序列順では、中央弁公室主任の栗戦書《りつせんしょ》、副首相の汪洋、中央政策研究室主任の王滬寧《おうこねい》、中規委書記に就いた趙楽際、上海市党委員会書記の韓正である。

この顔ぶれは、意外であった。というのは、この中に、「ポスト習近平」の総書記候補と目される人物が入っていなかったからである。中国共産党はこれまで、総書記の任期半ばの党大会で、次の総書記候補となる人材をあらかじめ政治局常務委員に登用することを慣例にしてきた。ところが、今回、新たに常務委員に加わった5人はいずれも60代で、5年後の党大会から任期10年の総書記を務めるには、内規による年齢制限に抵触してしまう。事前の観測では、いずれも50代の重慶市党委員会書記を務める陳敏爾と、広東省党委員会書記の胡春華の二人が後継候補として常務委員に選出されるのではないか、とみられていた。しかし、こうした予想を裏切った今回の人選で、習近平は自らの後継候補を、あえて示さないことを選択した。

この人事をめぐっては、二つの推測ができる。一つは、習近平が後継指名のフリーハンドを温存した、という見方である。中国共産党の権力闘争は、常にトップの後継者をめぐって起きた。毛沢東は自ら後継者に指名した林彪にクーデターを企てられた。鄧小平は自らがトップに据えた胡耀邦と趙紫陽を、いずれも民主化運動への対応が原因で失脚させた。その後、江沢民、胡錦濤と鄧小平の指名によるトップが続いたので、ここまでは後継をめぐる権力闘争は抑えられた。カリスマの指名なしで初めてトップに就いた習近平は、あらかじめ後継候補を明らかにしないことによって、鄧小平に代わって、後継を指名するカリスマになろうとしている、とみることもできる。

慣例を破って3期目も総書記続投の考えか

もう一つの見方は、習近平が慣例を破って、3期目も総書記を続ける考えを持っている、というものである。この見方に立つと、党大会の報告で、今世紀半ばにかけての「社会主義近代化強国」の建設という長期的な目標を示したのも、理解しやすくなる。習近平は、自らが示した未来図を実現するメドが立つまで、トップに立ち続ける考えなのかもしれない。さらに、この見方を延長すると、できれば、毛沢東のように終生、党の最高権力を握り続けたい、と思っているかもしれない。ただ、習近平がどう思っているかは、表明しないであろうが、現実にそうなるかどうかは、5年先になってみないと分からない。

もし、習近平が3期目以降も総書記を続けることになれば、その時点で続投に反対する勢力が党内にないか、あるいは、反対意見はあったとしても押し切られてしまうような状況にあることになる。そうなれば、「大躍進」の過ちを諫めた彭徳懐を切り捨てた毛沢東のように、「一言堂（鶴の一声）」の状況が極まることになる。

もちろん、そうなったとしても、習近平にとって、毛沢東が文化大革命を発動したような事態を起こす必要もないし、必然性もない。しかし、何でも他人任せにできず、自分で掌握しなければ気が済まない習近平は、従来は首相が兼任していた中央財経領導小組の組長を自ら兼ねて経済政策も掌中に収め、外交から内政、経済、軍事まであらゆることを自分一人で決めている。日常の政策決定の中で、「もっとこうすればいいのに」とか、「ほかにこういうやり方もあるのに」といった意見があったとしても、具申できないような状況になってしまう。「一言堂」の体制は、政策の誤りが修正されない危険性をはらんでいる。

地方幹部の人事制度の問題点を考えさせた重慶市の失脚劇

常務委員入りが予想されていて入らなかった重慶市党委員会書記の陳敏爾は、党大会が近づいた17年7月に中規委の摘発を受けて、「重大な規律違反」として失脚した孫政才の後任として、貴州省党委員会書記から異動した。孫政才も50代で、「ポスト習近平」の候補の一人として、常務委員入りの観測もあった。その孫政才の突然の失脚劇は、習近平が地方幹部の人事は自らの思うようにできるということを見せつけた出来事であったが、中国の中央と地方の関係をめぐって、さまざまなことを考えさせる事件でもあった。

共産党一党独裁の中国では、省長よりも省党委員会書記の方が上の立場にある。党委員会書記は、当然のことながら、住民の選挙ではなく、党中央の任命によって決まる。省の政治を左右する書記の人事は、住民の意思と関係ない。

そして、共産党では、地方幹部は中央で出世するための踏み台になっている。ここが、中国の地方自治の問題点である。地方幹部は、中央でより良いポストを得るために、在任中に中央に認められる成果を上げようとする。成果として分かりやすいのは経済成長率である。こうして、地方幹部は、地元住民のためになることよりも、任期中に経済成長率をいかにして引き上げるかに注力することになる。その結果、中央の経済政策は往々にして無視される。

こうした地元の成長優先の姿勢による弊害の端的な表れは、習近平が取り組まなければならなくなっている鉄鋼などの過剰生産能力の問題や、赤字を垂れ流しながら存続する「ゾンビ企業」の問題、そして環境汚染問題などである。鉄鋼などの過剰生産能力は、08年のリーマン・ショックより前から指摘されており、発展改革委員会がたびたび老朽化した設備を廃棄するように求める通達を出していた。しかし、地元の雇用と税収の確保を優先する地方政府に無視され続け、リーマン・ショックを受けた大型景気対策でさらに先送りされた。「ゾンビ企業」も、本をただせば中国に株式市場が誕生した当初、上場企業の選出を地方政府に割り当てた結果、地方政府は赤字企業の救済の手段として株式市場を使い、上場させた後も、やはり雇用と税収を確保するために補助金を出して存続させてきた。環境汚染も、早くも1990年代の高度成長期に中央政府は問題を把握していて、大気や水を汚染する企業への罰則強化などに動いていたが、やはり地方政府の経済成長優先姿勢によって徹底されず、外国企業の駐在員の成り手がみつからないほど深刻な北京の大気汚染のような事態を招いた。

地方の幹部が経済成長を優先した結果、いかに環境汚染が深刻になったとしても、地元住民は選挙を通じてその幹部を交代させるということはできない。共産党の一党独裁の中国では、地方幹部の人事は、住民の意思とまったく関係なく、党の都合で決まる。

孫政才の失脚を受けて後任の重慶市党委員会書記に就いた陳敏爾《ちんびんじ》は、習近平の地方勤務時代に習近平との関係を築いた。その陳敏爾は、貴州省のトップを務めていた時に、習近平に忠誠を誓うパフォーマンスをしている。ある時、一定の期間、省の会議を開かないように命令し、その期間に省の幹部が貧困地区の農家などを訪問するようにさせたのである。貧困脱却を重要政策に掲げる習近平の方針を忠実に実行していることをアピールしたものである。しかし、貧困脱却は、幹部が農家を訪問したからといって進展するものではない。訪問された農家は迷惑だったかもしれない。そもそも、人口のおよそ5パーセントが国の定める貧困ラインを下回っているという中国の貧困問題は、長年にわたって、その地域が発展から取り残されていた要因があるわけで、幹部の農家訪問などで簡単に解決するわけではない。農家を訪問する時間があるならば、その時間で具体的な解決策を、幹部の知恵を絞って考え出す方が重要であろう。

習近平に地方の真実が伝わらなくなるリスク

「大躍進」の過ちを毛沢東に諫めた彭徳懐は、地方の幹部が中央に嘘の報告をしていることとを問題にした。習近平が重点政策とする貧困脱却でも、権威を高めた習近平の顔色をうかがって、具体的な効果が上がっていないのに貧困脱却に熱心に取り組んでいるようにみせかける地方幹部が続出して、それを習近平がうのみにするようになれば、実際には貧困脱却は進まないということになりかねない。習近平は、自らの権威を高めたことで、地方幹部が率直に真実を進言しなくなるリスクを理解しているだろうか。それは疑わしい。

一方、失脚した孫政才については、摘発した中規委が罪状の一つに、孫政才の前任で、やはり汚職で摘発された薄熙来の影響を払拭できなかったことが挙げられている。薄熙来は、重慶市トップだった時期に、住民に革命歌を歌わせるといった、時代錯誤な行動もあったが、高い経済成長を実現し、地元住民の間では、「薄熙来は良かった」という声が聞かれる。重慶市で続いた幹部の失脚劇は、いかに地元住民と関係のないところで権力争いが実行されるか、を象徴的に示している。

日本の新聞の中には、重慶市の党トップの交代劇に絡んで、地方勤務時代の習近平と陳敏爾の人間関係などを事細かに取材して報じているところもあった。確かに現地で取材していると、こうした情報は、とても重要なことのように思えてくるであろう。しかし、日本の読者にしてみると、中国の地方幹部の誰それと誰それが、このような関係であった、というような話は、どれだけの価値を持っているであろうか。それよりも、中国の地方行政の上に立つ幹部の人事は、日本のような選挙ではなく、地元住民とまったく関係のない共産党の権力争いに関連して決められ、住民にはそれに対して、まったく意見表明の機会すらない、という事実を、分かりやすく伝える方が大切ではないだろうか。そのような、法治ではなく「人治」がまかり通っていることの影響や、そうした人事の仕組みを住民がどう思っているか、を日本の読者に読んでもらうことの方が、価値があると思える。

党大会で党規約の行動規範に自分の名前を書き込むことに成功し、民族主義を鼓吹する習近平は、権力基盤を固めたのを受けて、東南アジア諸国と領有権を争う南シナ海や、沖縄県の尖閣諸島をめぐる問題で、自国の領有権を主張して、強硬な態度に出てくることも考えられる。日本としては、習近平の行動の背景もよく分析して、国際社会と連携して対応することが肝要になるだろう。

社会主義らしい社会からは程遠い格差の大きさ

習近平は、今世紀半ばにかけて「社会主義近代化強国」を建設する、と宣言した。しかし、中国の現状は、本当に社会主義であろうか。社会主義は公平な社会を目指している。ところが、今の中国は、居住するマンションのほかに投機目的のマンションも所有して、高級外車を乗り回すような富裕層が出現する一方で、最近になって、やっと電気が通じたような農村に住んで、国の定める貧困ライン以下の生活に甘んじている人たちもいる。極端な富の偏在を招いたのは、所得の再分配機能が整っていないからである。中国では給与所得以外の所得に対して源泉徴収する仕組みができていない。富裕層が居住目的だけでなく投機のために取得したマンションにも、一部の都市を除いて不動産税がかからない。一代で築いた富を子供が受け継ぐ時にも相続税がかからない。こうして、豊かな者は、より豊かになるような社会になってしまっている。

これは、鄧小平の掲げた「条件を持った地域が先に豊かになる」という「先富論」だけを具体化して、「先に豊かになった地域が、ほかの地域を助けて、共に豊かになる」という「共同富裕論」の実現を先送りしてきた結果である。中国共産党は、改革開放を進める中で、実現しやすいところから取り組むという漸進的な手法を採ってきた。これは、現実的で効果が上がりやすい面はあったが、時間が経つにつれて、難しい課題ばかりが残されることになる。所得再分配機能が具体化していないのは、富裕層の抵抗が強いためである。中国共産党の内部にも、さまざまな手段で富を蓄える党員が出てきて、富裕層への課税に対して党内の抵抗も強くなっている。「反腐敗」では「虎もハエも叩く」と、地位にかかわらず容赦しない姿勢を示す習近平は、党内外の反対を抑えて、所得再分配機能を実現できるであろうか。所得再分配機能を構築するには、まず個人に対する徴税システムを整備する必要がある。これは、地味な仕事であるが、格差の是正には重要なことである。それには、優秀な官僚が知恵を絞る必要がある。ところが、習近平の「反腐敗」で役人は、「次に摘発されるのは自分ではないか」とおびえ、仕事に熱が入らない。役人のサボタージュが蔓延しているのは、習近平自身も認めている。このような状況では、およそ社会主義とは呼べないような格差が拡大した社会を、社会主義らしく変えていくことは難しいのではないだろうか。

格差は農村と都市だけではない。近年、北京から遠く離れた広東省では、経済特区の深圳を中心に、電子・電機産業が集積して、小型無人飛行機「ドローン」の生産で世界の最先端を行くなど、技術革新の成果が表れて高い経済成長を実現している。その一方で、鉄鋼などの過剰生産能力を削減する取り組みを受けて、鉄鋼など重工業の比重が高い遼寧省などの東北地方では、経済成長が停滞している。遼寧省では、市民が集まると、共産党への不平不満を並べ立てているという。東北地方の経済テコ入れについては、共産党は早くから「東北の老工業基地を振興する」というスローガンを掲げてきた。しかし、東北では、重工業の不振を補う新たな産業の台頭がなかなか見られない。こうした地域格差も、解決の道筋を立てられなければ、成長から取り残された地域の住民の、共産党に対する不満を募らせていくことになる。

経済運営の手法も近代化の途上

習近平が掲げる「社会主義近代化強国」の「近代化」についても、現状は「近代化」に程遠い面が多い。中国では経済運営の手法からして、近代化の途上にある。金融調節の手段である金利調節は、近年まで、中央銀行である人民銀行が、商業銀行の預金と貸出の金利を直接変更する方法が採られていた。商業銀行の利ざやを確保して、まだ競争に耐える体力がついていない国有商業銀行を保護するためであった。最近になって、やっと人民銀行は参考となる基準金利を設定して、各行の金利は自由に設定できるようにした。人民銀行は、先進国のように、市場金利のうち、代表的なものを選んで、この金利を誘導するという金融調節の方法を導入する考えであるが、まだ具体化していない。

習近平が「供給側の構造改革」と称して取り組む鉄鋼などの産業の過剰生産能力を解消する問題でも、その手法は近代化されていない。この問題の原因は、国家発展改革委員会（発改委）などが度重なる通知を出して過剰生産能力を廃棄するように求めてきたのに、地元の雇用と税収の確保を優先する地方政府が通達を無視して過剰な設備を存続させてきたことにある。本来、市場原理が徹底していれば、過剰な設備で過当競争に陥った場合、採算の悪い企業は淘汰されるはずなのに、そうならないのは、地方政府が補助金を出してそうした企業を存続させてきたからである。だから、「供給側の構造改革」は、本来であれば、地方政府に対して市場原理を貫徹させるために、そうした補助金を禁止することで進めるべきである。しかし、習近平の方法は、過剰な設備の廃棄を地方政府ごとに割り当て、達成できていない地方は発改委が呼び出して圧力をかける、というものである。これでは、改革開放で市場経済を導入する前の計画経済時代の方法に逆戻りしてしまう。習近平の経済運営には、この問題に端的に表れているように、問題の根本までメスを入れようとせず、対症療法で成果を出そうという姿勢が目立つ。これは、共産党の一党独裁という、自らの権力の源泉だけは、何としても守り抜けば、その独裁の力によって課題は解決できるという考えから来ている。

中国の社会は、良い学校に進学するために先生に賄賂を渡し、良い医者にかかるにはコネが必要な社会になってしまっている。これは、近代化された社会とは言い難い。なぜ、このような社会になってしまったのか。それは、誰もが同じルールに従って競争し、生活できるようになっていないからである。その背景には、独裁体制を敷く共産党が法治ではなく、「人治」によって統治していることがある。指導者の選出には透明なルールがなく、国民のあずかり知らないところで指導者は替わり、指導者が替わることで政策も変わる。こうした体制が、国民の間にルールを尊重するよりも、金銭を使い、人脈を使って自分の利益を守ろうという意識を生む。

しかし、絶対的な権威を手にした習近平は、共産党の一党独裁を何が何でも守る姿勢を一段と強めている。国民の海外とのインターネット接続を厳しく制限し、ネットへの書き込みに共産党批判がないか、目を光らせる。党大会の直前には、チャットアプリに、党大会の期間中は動画の発信を禁止する通達が転送された。こうした言論統制は、たくさんの国民が日本をはじめ外国を訪れて、外国事情を自分の目で確かめることができ、日本に住む中国人が、中国の家族とインターネット電話サービスのスカイプを通じて、お互いの顔を見ながら自由に会話するような時代には、とても滑稽な努力にも映る。それでも習近平は躍起になって言論統制を強めないと安心できないのである。

夢物語よりも国民には身近な生活に切実な望み

中国には世論調査がないから、国民が党大会での習近平の報告をどう評価しているかは知る由もない。今世紀半ばにかけて「社会主義近代化強国」を築くという、習近平が示した未来図は、ある程度、国民の民族感情に訴えるものがあるかもしれない。しかし、既に豊かさを実感している都市の住民には、「どうして今さら近代化なのだろう。どうして今さら強国なのだろう」と思う人もいるかもしれない。例えば、北京の人であれば、「それよりも北京の汚れた空を早くきれいにしてくれないだろうか」と思うかもしれない。貧困地域の人にとっては、今の生活を少しでも良くしてくれれば、「近代化」だの、「強国」はどうでもいい、と思うかもしれない。中国には、夢物語よりも、人々の暮らしの身近なところに、改善すべき課題は山積している。

習近平は、「中国は覇を称えない」と言うが、それなのに「世界一の軍隊」をつくるのはなぜかということは、国民にも、世界にも説明されていない。「世界一の軍隊」をつくるのにかける資金と労力があれば、人々の身近な課題を改善することに注力する方が、国民も世界も喜ぶのではないだろうか。

習近平の目指す「社会主義近代化強国」は、「社会主義らしい社会」にしても、「近代化された社会」にしても、巨大な既得権益集団と化して、法治より「人治」で統治している共産党の一党独裁が、その実現には障害になっている。習近平は、自らの権威をカリスマ的なものにまで高め、後世に名を残したいと考えている。しかし、共産党の一党独裁が続く限り、今世紀半ばになっても、中国は経済力と軍事力の面で「強国」にはなっているかもしれないが、依然として格差が著しく、「公平な社会」という社会主義らしい社会には遠く、相変わらず賄賂とコネが幅を利かせる「近代化された社会」からも遠い状態が続いているのではないか、という想像が浮かんで、消し去ることができない。そうであれば、習近平の願いはむなしく、中国国民には、「かつて〝社会主義近代化強国〟などという夢物語を語った人がいたね」という程度の記憶しか残さないかもしれない。

室井　秀太郎（むろい　ひでたろう）

1954年生まれ。東京外国語大学中国語科卒。76年、日本経済新聞社入社。87～90年、北京および上海駐在記者。2002年～17年、日本経済研究センター主任研究員。著書に『上海新世紀』（日本経済新聞社）、『不思議な経済大国　中国』（日本経済新聞出版社）、『中国経済を読み解く』（文眞堂）がある。

習近平《しゅうきんぺい》は毛沢東《もうたくとう》になれるのか

「一帯一路《いったいいちろ》」と「近代化強国《きんだいかきょうこく》」のゆくえ

●

2018年1月22日　第1刷

著者…………室井秀太郎《むろいひでたろう》

装幀…………小林剛

発行者…………成瀬雅人
発行所…………株式会社原書房

〒160-0022 東京都新宿区新宿1-25-13
電話・代表03（3354）0685
http://www.harashobo.co.jp
振替・00150-6-151594

印刷・製本…………新灯印刷株式会社

ISBN978-4-562-05468-8, Printed in Japan